Jac

Lu pendant
Convalescence en
Octobre '91

# ALCHIMIE DE LA DOULEUR

*Mourir comme un chat*
> nouvelles, Québec, L'instant même, 1987
> (Prix Adrienne-Choquette).

Claude-Emmanuelle Yance

# ALCHIMIE DE LA DOULEUR
nouvelles

Boréal

Conception graphique : Gianni Caccia
Photographie de la couverture : Claude Michaud


Toutes les références sont extraites
de *Œuvres complètes I*, de Baudelaire,
Bibliothèque de la Pléiade, Paris,
Éditions Gallimard, 1975.


Cet ouvrage a pu être réalisé grâce
à une bourse du Conseil des Arts du Canada.

*Données de catalogage avant publication (Canada)*

Yance, Claude-Emmanuelle

  Alchimie de la douleur

  ISBN 2-89052-403-5

  I. Titre

PS8597.A52A86  1991     C843'.54     C91-096600-1
PS9597.A52A86  1991
PQ3919.2.Y26A86  1991

à Marie-Reine Gravel et à Jeannine
Saint-Martin qui ont créé le lieu de ma
première rencontre avec Baudelaire

De la langue et de l'écriture, prises comme opérations magiques, sorcellerie évocatoire.

(Charles Baudelaire, Fusées, XI)

# ALCHIMIE DE LA DOULEUR

Par toi je change l'or en fer
Et le paradis en enfer :
Dans le suaire des nuages
Je découvre un cadavre cher.

(Spleen et Idéal, LXXXI)

Il s'est assis sur le banc. Il s'est penché vers moi et il a dit : « Est-ce que vous êtes malade ? » Malade. Il y a des années que je n'avais plus songé à mettre ce mot sur ce que j'éprouvais. Malade. Est-ce le mot qui convient à cette douleur, au vertige, à la nausée, à la peur de mourir par manque ? J'ai dit : « Oui. »

Et je me suis retrouvée chez le docteur. Seule chose rassurante, mes deux sacs verts étaient là, à côté de moi. J'étais donc tout entière. Le reste n'avait pas d'importance. Être ici ou ailleurs, ce serait un épisode comme un autre.

Je suis restée longtemps sans lever les yeux. Puis j'ai vu, en face de moi, un homme plus tout jeune. Il attendait patiemment. Il m'a souri. J'ai su alors qu'il me ressemblait. C'est étrange de dire ça d'un docteur et d'une vieille folle comme moi. Mais j'étais sûre qu'il savait. Et moi aussi je savais quelque chose de lui. Que me proposait-il, un échange ?

Je me suis mise à trembler. De fatigue, de maladie comme ils disent, de peur surtout. J'étais donc arrivée là. Ce point de non-retour où il faudrait choisir. Continuer et mourir. Ou vivre. Qu'est-ce qui est le plus terrible ?

\* \* \*

Fallait-il raconter mon histoire ? Il ne me le demandait pas. Il m'a dit : « Allez à cette adresse, on vous y accueillera. Je viendrai vous voir ce soir. » J'ai pris mes deux sacs et je suis sortie. Marcher vers une adresse était quelque chose de tout à fait nouveau pour moi. J'avais peur et envie à la fois. Je pensais : « Je vais seulement m'approcher de la maison, voir de quoi elle a l'air. » Elle ressemblait à n'importe quelle maison du quartier. Une femme m'a ouvert, a voulu m'aider à porter mes sacs. Je n'ai pas permis. Elle n'a pas insisté. Une chambre pour Alice. J'étouffais. L'air, le vent de la rue me manquaient. Je ne savais que tourner en rond dans cette chambre. Vraiment, comme une prisonnière. C'est peut-être la maladie qui m'a fait rester, je ne sais pas. Quand j'ai été très fatiguée, je me suis assise sur la berceuse, face au lit. Un lit. Je regardais comment il était fait, sans toucher, j'imaginais les draps blancs sous la couverture. De nouveau, épouvantable, le goût, la nécessité de boire ou autre chose, n'importe quoi qui me fasse partir. La même personne est venue me proposer de manger. J'ai voulu essayer pour faire passer la nausée.

Il est venu, après le repas, comme il l'avait promis. Ça m'était égal, mais au moins il avait tenu parole. Il est resté longtemps sans parler à côté de moi, puis il a dit : « Alice, je voudrais vous raconter mon histoire. » J'en ai tellement entendu, dans la rue, pourquoi pas une de plus ? Elle ressemblait aussi à beaucoup d'autres. La fin seulement était différente, tout à fait différente. Il était sorti de la rue, de la drogue, et maintenant il travaillait. Il disait : « Comme un homme libre », et ses yeux brillaient. Est-ce que je l'ai envié ? Peut-être, quelque part. Mais c'était son histoire à lui, pas la mienne. Il a promis de revenir le lendemain. Je l'ai regardé s'éloigner avec son histoire.

J'ai ouvert le sac et j'ai pris mes photos. J'aime toujours celle de ma petite fille qui avale un raisin. Elle a trois ans, quatre ans, je ne sais plus. C'est bien longtemps après cela qu'elle m'a dit de partir. C'est bien longtemps après qu'elle est devenue une étrangère. Mais sur cette photo, elle est encore ma petite fille.

J'ai mal dormi, des années que je n'avais pas dormi dans un lit aussi haut. Je faisais sans cesse le même cauchemar, je tombais, tombais, et je me réveillais épouvantée. Finalement, je suis allée dormir sur la chaise, comme sur un banc. J'ai pris des journaux dans mon sac et je les ai mis sur moi. C'est l'odeur du café qui m'a réveillée. De nouveau la nausée, à cracher le cœur.

Quand il est revenu, le soir, j'étais vraiment malade. Je me suis laissé mettre au lit. Il m'a fait une piqûre. Je glissais dans une mer de merde qui m'arrivait jusqu'au menton, je criais et aucun son ne sortait de ma bouche. Lui, assis près de moi, me tenait la main et parlait, parlait. Toutes ses paroles s'enfonçaient dans ma peau comme de longues aiguilles. Je n'avais même plus la force d'avoir mal.

Ç'a été comme ça pendant des jours, je ne sais plus. Je me réveillais, il était là ou bien une femme de la maison. Lui ou elle me tenait la main. Je me suis habituée à cette main. J'ai commencé à avoir moins peur de la mer de merde.

J'en suis sortie très faible mais lucide. Il m'a dit que ça allait recommencer, qu'il n'y pouvait rien mais qu'il serait là.

* * *

J'ai dit : « Laissez-moi sortir, il faut que je sorte. Je rentrerai ce soir, si vous voulez, mais il faut que je sorte. » Il comprenait. Dehors, l'air m'a soûlée. Je le savais depuis toujours, il faut que je marche pour me sentir bien. C'est ma seule façon d'aller bien. Comme si les griffes, sur mon cœur, se desserraient. J'ai marché longtemps, le nez en l'air. Puis j'ai commencé à sentir la fatigue. Je n'avais plus mes jambes d'avant, on aurait dit. J'ai pensé qu'il fallait essayer de rejoindre Gigi et Pilule, qu'elles auraient quelque chose pour me remonter.

Je les ai trouvées. Mais elles n'avaient rien. Je me suis assise à côté d'elles. J'ai pensé que c'était curieux mais qu'il y avait maintenant du vent entre elles et moi, ou un grand espace désert. Je suis repartie. C'était comme si toutes les rues commençaient à devenir étrangères. Je suis retournée à cette maison. Parce que je n'avais plus nulle part où aller.

D'aussi loin que je me souvienne, j'ai été une marcheuse. Je ne sais pas pourquoi. Toujours ce goût d'aller voir ailleurs. C'est ce que j'ai dit au docteur. Je crois qu'il commençait à se décourager. C'était un mauvais jour pour lui, en tout cas. Je le voyais à son front buté, à sa manière de ne pas me regarder franchement dans les yeux. Alors j'ai voulu m'asseoir auprès de lui, lui tenir la main.

J'ai dit : « Vous me donnez quel âge ? » Il m'a regardée, surprise : « Je ne sais pas, soixante-cinq ans ? » Je lui ai dit : « J'en ai quarante-sept. » L'alcool, la drogue, la rue, ça n'arrange pas les choses. J'étais blessée quand même : j'étais donc si usée ?

Alors, j'ai parlé des rues de Montréal. Parce qu'il les connaissait aussi. Mais pas comme une femme. Il m'écoutait, sans poser de questions. Parfois, je touchais mes sacs verts, à côté de moi, autant pour me rassurer que pour me souvenir. Quinze ans, c'est court, au fond.

Au delà, je me suis arrêtée. Il ne pouvait plus comprendre. Cette petite ville du bas du fleuve, la voix de ma fille en colère. Derrière elle, toutes les autres voix qui disent que, si je l'aime, je dois m'en aller. Que je suis un mauvais exemple pour elle, qu'une enfant doit être élevée dans un milieu où on ne boit pas, qu'elle a besoin d'une vraie mère. Je revois ce jour-là, la couleur exacte de ce jour-là.

\* \* \*

Maintenant, je sors encore, mais je ne fais plus que tourner autour de la maison. Je ne risque pas de rencontrer Gigi ou Pilule ni Marcel ni personne d'ailleurs. C'est un quartier propre ici.

Il a dit : « Mais avant Montréal, avant les rues de Montréal ? Pourquoi ? » Pourquoi ? Allez donc savoir. Peut-être à cause de cette envie toujours d'aller voir ailleurs, depuis que je suis toute petite. Je ne sais plus comment ça a commencé. Avant, j'étais dans une maison comme tout le monde. J'avais ma petite fille, elle avait grandi. Je ne crois pas qu'elle était malheureuse. Je sais que je buvais, ça je sais qu'on pouvait me le reprocher. Mais j'étais à la maison, comme tout le monde. Je sais même que parfois je ne pouvais pas sortir parce que je buvais trop. Un jour, j'ai vu quelque chose dans les yeux de ma fille. Comme du mépris. Elle avait dix ans, peut-être onze. J'ai essayé de moins boire. Ou que ça se voie moins. Puis ils m'ont dit de partir. Ma fille aussi m'a dit de partir. Oui, c'était ce que j'avais de mieux à faire.

J'ai pris une valise. Je suis arrivée au terminus d'autobus, il y en avait un qui partait pour Montréal. Montréal, c'était mon plus vieux rêve, l'Ailleurs. Je suis montée dans l'autobus. On a voyagé toute la nuit. Le temps de me dégriser.

Je me souviens qu'il faisait beau, le matin, quand je suis descendue de l'autobus. J'ai mis ma valise dans un casier et je suis allée marcher. Je n'avais pas d'autre envie que marcher. Ça faisait du bien. Toutes ces rues à moi, à l'infini, pour marcher. Maintenant, je ne fais plus que tourner autour de la maison mais, à ce moment-là, je pouvais marcher des milles et des milles en une journée. J'avais oublié qu'il me fallait une chambre pour la nuit. Mais l'été, les gens restent longtemps dehors, il suffit de changer de quartier, on finit toujours par trouver du monde. Quand la fatigue m'est tombée dessus, je ne sais pas ce qui s'est passé. J'ai dû tomber dans la rue. Je me suis réveillée, le dos appuyé à une porte, avec, à côté de moi, un homme sale qui essayait d'entrouvrir mes lèvres avec le goulot d'une bouteille. J'ai bu. Ça aussi, ça faisait du bien. On aurait dit que je n'avais pas bu depuis des années. J'avais oublié. Je me suis regardée, moi aussi j'étais sale. Voilà, je crois que c'est comme ça que ça a commencé, pour Montréal.

* * *

Ce n'est pas la photo de ma fille, je le sais maintenant. C'est une vieille photo de moi. Je suis chez mon grand-père et j'ai un drôle d'air parce que je suis occupée à avaler un raisin. Derrière, il y a le mur de la maison. C'est un côté de la maison où nous n'allions jamais jouer. Dans ma tête, je n'y vois que des grandes personnes assises, le dimanche.

Elle a protesté, la femme de la maison, quand elle a vu que j'avais vidé mes deux sacs verts au milieu de ma chambre. Pourquoi je ne pourrais pas faire ça ? Ça faisait longtemps que je n'avais pas vraiment regardé ce qu'il y avait dedans.

Le docteur est arrivé au milieu de tout ça. J'aurais voulu avoir le temps de tout remettre, mais il était là. C'est lui qui a remarqué la photo. Dans sa main, je me suis reconnue. Mais je n'ai rien dit. Lui aussi, je crois qu'il a pensé que c'était ma petite fille. Je l'ai vu sourire. Je sais que j'ai une petite fille quelque part mais je ne sais plus où elle est à travers toutes les choses du sac. Il faudra que je cherche.

Maintenant, je deviens une personne propre. Je me suis vue dans le miroir. La femme m'a donné une robe, elle m'a aussi lavé les cheveux. Je me suis regardée, je me suis trouvée grise mais propre, oui, elle avait raison. Je pensais à Gigi avec son beau rouge à lèvres orange et à la casquette de base-ball qu'elle a toujours sur la tête. La femme dirait qu'elle n'est pas propre mais, sur le gris des murs, on la reconnaît toujours, elle.

\* \* \*

Je suis née comme ça, docteur, laissez-moi tranquille. Je suis née avec des jambes qui ne pensent qu'à marcher.

Pourquoi ? Je ne sais pas, moi. Quelle importance ! Une infirmité comme une autre.

Il voulait que je parle d'avant. Il n'y a rien dans mes sacs sur avant. Je crois, oui, que j'ai été amoureuse de cet homme. Je ne me souviens plus de son visage. Dans la grange, il m'a fait cette petite fille. Ça sentait bon le foin. Il était lourd sur moi. J'étouffais. Quand j'ai vu son petit corps au bout du cordon, j'ai eu affreusement peur, peur qu'elle reste attachée pour toute sa vie. Après, j'ai toujours cherché à la mettre loin de moi. Elle, elle voulait téter, elle pleurait. Un jour, j'ai compris qu'il était parti, mais il ne m'a rien dit. Personne n'en a parlé. J'étais si jeune.

Parfois, quand il me regarde, je trouve qu'il a des yeux de bon chien. Allez, docteur, il ne faut pas vous en faire, c'est loin tout ça. Il me demande si j'ai envie de retrouver ma fille. Je ne sais plus où elle est. Non, je ne crois pas. Rester ici, c'est le plus que je peux faire. D'ailleurs, est-ce que j'ai une fille ? Je ne sais plus si mon histoire est vraie. Oubliez ça, docteur. J'ai raconté n'importe quoi pour que vous me trouviez intéressante. Pour que vous veniez me voir de temps en temps. Mais la semaine prochaine, je reprends la rue, je suis guérie maintenant.

Il reste là, tête penchée. Moi, je sors. Marcher au moins autour du pâté de maisons. Je lui en veux de réveiller tout ça. Il faudrait quelque chose pour arrêter cette épouvante. Je ne peux plus compter sur Pilule, sur personne. Si j'allais faire un tour de leur côté, pour voir ? Peut-être qu'ils comprendraient, peut-être qu'ils me réchaufferaient seulement. Te souviens-tu, Alice, du goût du vin, quand ça descend, lentement ? Te souviens-tu, Alice ? Ça serait bon, même si ça fait se tordre les tripes. Mais je reste là, à les regarder de loin. Je suis coupée d'eux, maintenant, seulement parce que j'ai mis les pieds dans cette maudite maison.

Je vais rentrer. La femme m'offrira du café.

\* \* \*

Je ne sais pas combien de temps elles me garderont ici. J'y ai pensé, ce matin, en m'éveillant. Maintenant, ça commence à avoir une certaine importance. Il me reste toujours une porte de sortie, je dis au docteur : « Je vais partir. » Mais je suis de moins en moins capable de partir, je le sais bien. Celle qui s'est fâchée l'autre jour à cause de mes sacs verts m'a apporté une petite valise. Elle a dit que je pouvais y mettre tout ce que je voulais garder. Il y a des choses, je ne sais plus pourquoi elles étaient dans mes sacs. Mais je les garde. J'ai dit au docteur : « Vous me voyez marcher dans la rue avec une valise ? » Les autres que j'ai quittés sauraient que je les ai trahis, comme si je crachais sur leurs sacs à eux. Il a dit que je n'avais pas besoin de valise, ni de sacs d'ailleurs, depuis que j'avais une chambre. Qu'il allait m'offrir un sac à main, qu'il y pensait depuis longtemps. Dans sa tête, je suis une femme à me promener avec un sac à main. Pauvre docteur ! Quand il m'aura toute refaite, à quoi ça lui servira ?

Il a dit : « Et pourquoi vous partiez toujours quand vous étiez petite ? » Je vous l'ai dit, le goût d'aller voir ailleurs. « Et qu'est-ce que c'était, ailleurs ? » Je ne me souviens pas, n'importe quoi, l'autre coin de rue, un chantier de construction, le bord de la rivière, un chien, n'importe quoi. « Vous ne vouliez pas de cette mère-là ? » Pourquoi ? Elle était aussi bien qu'une autre !

Et puis ça s'est arrêté. Je ne suis plus partie. Il s'est retourné, il m'a regardée. Je suis restée comme ça. Je n'avais jamais pensé qu'un jour ça s'était arrêté. Et pourtant, c'est vrai. Il y a le temps où j'étais petite et où je courais partout et puis il y a le temps où ça s'est arrêté. Et puis, ça a recommencé, à Montréal.

Pourquoi elle a voulu se pendre, Gigi ? C'était la première fois, hier, que je rencontrais Marcel. Il n'a pas beaucoup parlé. J'ai pensé à la casquette de Gigi, à son rouge à lèvres. Elle a bien failli être définitivement grise, elle aussi.

\* \* \*

Et l'alcool, comment ça a commencé ? Ça, c'est à cause de la mort. Quand il y avait un décès, dans la famille, les oncles, les tantes se rassemblaient et ils buvaient. Il fallait bien que je boive, moi aussi, quelqu'un était mort. Même si je ne savais pas qui. Ce n'est pas comme ça dans votre famille, docteur ? Et puis, arrêtez de me poser des questions, est-ce que je vous en pose, moi ? Mais peut-être que j'ai le goût, au fond, de parler de tout ça. Je dirais : « Donnez-moi un petit verre et je vous en dirai plus. »

Il y aurait un « à côté » à cette photo. Quand je la regarde, je vois toujours ce qu'il y avait à côté et qui n'est pas sur la photo. Il y a d'abord la continuation de la pelouse et puis, comme une ligne formée par des arbres. Pas tous les mêmes, les arbres. Quelque chose comme des lilas, oui, je crois que c'était du lilas. Mais au moment où je le vois, il n'y a plus de fleurs, c'est l'été. Et de chaque côté, la ligne continue avec d'autres arbres, plus gros, comme des peupliers. À cause du lilas et des arbres, ça fait un endroit caché. C'était chez mon grand-père, docteur. Nous y allions souvent, ma grand-mère était malade.

C'est là que je suis morte. C'est comme une mort qui a duré des jours et des années.

Il a dit : « J'essaie de comprendre. Il y a un temps où, toute petite, vous étiez tout à fait libre de courir partout, d'aller voir ailleurs. Et puis, ça s'est arrêté. Et puis, il y a eu l'alcool et votre petite fille. Et puis, vous êtes arrivée à Montréal et vous avez recommencé à courir partout, à marcher tout le temps. C'est ça ? C'est bien ça ? » Je crois, oui. Il me tenait les mains, il me parlait en me regardant, en cherchant mes yeux. J'avais honte de voir mon histoire s'organiser dans ses mots. Mais c'était bien ça. Enfin, je ne sais plus. Peut-être que c'est ça.

Elles disent : « Vous devriez sortir un peu, Alice, prendre l'air. C'est pas bon pour vous de rester toute la journée à vous bercer devant la fenêtre. » Elles ne comprennent pas que je cherche. Mais peut-être que je pourrais chercher en marchant. Avec leurs mots, je me suis fait une image de moi. Je me vois de dos, assise à me bercer, devant la fenêtre. Et dehors, le ciel est gris.

Je pense à Gigi. Je ne sais pas si ce serait bon pour elle de venir ici. Je ne sais pas ce qu'il faut souhaiter pour elle.

\* \* \*

L'image de Gigi attachée sur son lit, à l'hôpital. Et elle, les yeux fermés, qui ne disait rien. Je suis restée dans la porte. J'ai pensé : Peut-être qu'ils ne le savent pas, mais elle est morte. C'est curieux qu'ils ne le sachent pas, avec tous ces tubes et ces machines. Mais en regardant bien, je voyais sa poitrine se soulever un tout petit peu, régulièrement. Je ne suis pas entrée.

J'ai parlé de Gigi attachée sur son lit au docteur. Elle aussi, elle est malade, comme moi, au début. Il faudrait peut-être que quelqu'un le lui dise.

Il essaie de me faire parler. Moi, je suis toute dans l'image de Gigi attachée sur son lit. J'ai mal au cœur. Attachée, comme un chien. Si elle meurt, elle va mourir comme un chien. Il essaie de comprendre pourquoi c'est si terrible pour moi. Moi aussi. C'est la chose la plus terrible, mourir attaché comme un chien. Je le lui répète, sans arrêt.

Je me suis réveillée bien décidée. Dès qu'il a été possible d'entrer à l'hôpital, je suis allée voir Gigi. Elle dormait toujours, elle murmurait parfois. Et elle était toujours attachée. La seule chose que je voulais faire absolument, c'était de ne pas la laisser là, comme ça, attachée. J'ai enlevé tout ce qui la retenait et j'ai pris sa main. Elle a ouvert les yeux, elle m'a reconnue. Elle était si faible qu'elle ne pouvait pas s'arrêter de pleurer en disant mon nom. J'ai dit que je ne la laisserais pas, j'ai juré qu'on ne l'attacherait plus. Elle ne savait pas qu'elle était attachée. Après, le docteur est venu. Quand elle sortira de l'hôpital, elle viendra à la même maison que moi. Si elle veut.

Il dit : « Vous aviez un chien quand vous étiez petite ? » Non. « Pourquoi vous dites toujours : " attaché comme un chien" ? » C'est les chiens qu'on attache, non ? Un jour, moi aussi, j'ai été attachée comme un chien.

Il n'a rien dit. Il conduisait la voiture. Je ne sais pas quel âge j'avais. Peut-être cinq ans. C'était chez mon grand-père. Vous savez quand je parlais de l' « à côté » de la photo ? Il a fait un signe de la tête. C'était là. Je ne sais pas quel âge j'avais, peut-être sept ans. Je ne sais pas pourquoi ils ont fait ça. Ma mère était partie. Ils ont voulu s'amuser comme des grands garçons, peut-être. C'était deux employés de mon grand-père. On les appelait Ti-Ben et Ti-Dé, c'était les deux frères.

Laissez-moi descendre, docteur, il faut que je marche. Qu'est-ce que vous voulez, me garder prisonnière dans cette voiture ? Vous ne voyez pas que j'étouffe !

Il a laissé sa voiture et il est venu marcher avec moi. Je marchais tellement vite, au début, qu'il restait un peu derrière moi. Puis il a dit : « Ils vous ont seulement attachée, Alice ? Seulement pour rire, pour s'amuser ? » Vous savez bien que non. Mais à quoi ça servirait de le raconter ? Ils ont dit qu'il ne fallait pas le dire, à personne, jamais. J'ai juré. Après, ils sont partis. Ils m'ont laissée attachée. Et je suis morte parce que personne ne venait me détacher. C'est longtemps après que Ti-Dé est venu me libérer en me donnant des coups de pied. Ils appelaient ça « jouer au chien ».

Il a dit : « Si vous avez été capable de vous souvenir de leurs noms, Alice, vous êtes capable de dire ce qu'ils vous ont fait. » Oui, je sais. Un autre jour, peut-être. Rentrons à la maison. Je suis fatiguée. Peut-être que je vais mourir à la place de Gigi ? Il a pris ma main, il a dit : « Non, vous ne mourrez pas, c'est fini. »

# LE CHAT

Dans ma cervelle se promène,
Ainsi qu'en son appartement,
Un beau chat, fort, doux et charmant.

(Spleen et Idéal, LI)

— Voilà. Vue de face : chat noir et blanc, long poil,
allongé sur un divan. Pattes antérieures repliées contre la
poitrine, dissimulées dans la fourrure blanche. Tête
haute, œil complètement ouvert, oreilles dressées.

Et celle-ci. Position légèrement modifiée : une patte
s'est dépliée. L'ensemble du corps vu légèrement de côté.
La tête bien dans l'axe du corps, projetée. Les oreilles
inclinées sur la tête, vers l'avant.

Une autre encore, moins intéressante. Même position sur le divan mais, cette fois, la tête tournée vers
l'objectif. Toujours une patte antérieure dépliée. Les
yeux sont fermés.

Tiens, celle-ci. Position d'étirement antérieur. Les
griffes sont accrochées dans la laine de la moquette. La
tête touche presque les pattes qui sont bien allongées. Le
derrière est surélevé, le reste du corps est entraîné dans
un mouvement de pente.

Qu'est-ce que tu en penses ?

— Rien. Des photos banales, quoi. Tu ne gagnerais pas un concours, ça traîne dans tous les albums.

— Ce n'est pas pour un concours, c'est un chat... un chat qui vient chez moi.

— Et tu veux en garder le souvenir ?

— Non, je ne le connais pas. Il vient chez moi pendant la journée. Je n'y suis pas, il n'y a personne. C'est la caméra-surveillante qui l'a filmé.

— Tu veux dire que tu t'en vas, le matin, et qu'un chat s'amène chez toi pour y faire la sieste ? Un chat que tu ne connais pas, que tu n'as jamais vu ?

— Oui, c'est ça, je l'ai découvert par la caméra.

— Ben, mon vieux ! Et il entre comment ?

— Je ne sais pas, justement. Il s'installe comme chez lui, c'est tout.

— Et il s'en va, le soir, avant ton arrivée ?

— Je suppose, je ne l'ai jamais vu.

— Tu te fous de ma gueule ?

— Non ! Au début, ça m'a fait sourire, mais ça fait des semaines que ça dure et je ne suis pas foutu d'attraper ce maudit chat. Et tiens-toi bien, il sait la différence entre samedi, dimanche et les autres jours, il ne vient jamais quand je suis là.

— Et si tu étais malade, si tu restais à la maison un jour de semaine ?

— J'ai essayé, ça ne marche pas... Mais je n'aime pas les chats, moi, tu comprends, je veux que ça cesse.

— Ouais ! Plutôt rigolo, ton histoire. Et si c'était un chat dressé pour voler... Tu as remarqué des disparitions ?

— Mais non... Et pourquoi il passerait la journée là ?

— Bien, je ne sais pas. Laisse-le faire alors, il va repartir comme il est venu.

— Oui, mais je n'aime pas les chats et je ne vois pas pourquoi j'en supporterais un dans mon appartement. Secundo, s'il entre, lui, pourquoi pas n'importe qui ?

— Qu'est-ce que tu as tellement à cacher ?

— Ma vie privée, bonhomme !

— D'accord, d'accord, mais un chat...

— Je veux que tu m'aides à faire cesser ce jeu-là.

— Mais ce n'est pas mon problème, vieux. Ton histoire est rigolote, sans plus. Je ne vais pas me mettre sur la piste d'un chat comme un Hercule Poirot « poirotant ». Tu n'as qu'à mettre un piège ou acheter un chien, n'importe quoi.

— Je ne t'ai pas tout dit.

— Quoi encore ?

— Cet appartement, ce n'est pas mon appartement. Enfin, c'est le mien et pas le mien...

— Comment ça, « pas ton appartement » ?

— C'est comme s'il y avait mon appartement et qu'on passait ensuite à un autre, puis un autre.

— Par une porte ?

— Il n'y a pas de porte, justement, et pas d'autres appartements au bout du mien dans l'immeuble.

— Tu n'es pas un peu tombé sur la tête ?

— C'est par la caméra que je vois ça. Je rentre, le soir, et je me fais dérouler la journée du chat. Et je t'assure qu'il y a toute une partie de la journée où il circule dans des pièces que je ne connais pas et qui, pourtant, sont filmées comme étant les miennes.

— Bien, je ne sais pas quoi te dire... C'est ta caméra qui est folle.

— Viens voir, au moins, je te montrerai les films.

\* \* \*

Tiens, regarde celui-là, c'est la journée du 8 novembre. Bon, le chat est sur le divan. Je te fais remarquer qu'on ne l'a pas vu entrer, mais ça ne fait rien. Il se lève, s'étire, saute sur la moquette, la caméra le suit. Jusque-là, ça va. Maintenant, attention, il va entrer dans une autre pièce. Voilà.

— Ce qui est bizarre, c'est que la caméra le suive. Elle est pourtant fixe au-dessus de ta porte d'entrée. En principe, elle ne peut rien filmer au delà de ton séjour, non ?

— En fait, elle opère un travelling avant et suit le chat. Tiens, regarde, c'est ce qu'on voit d'abord, un espace séjour-salle à manger. Tu vois bien que ce n'est pas mon style, des meubles design, et regarde les deux chaises transat devant la télé sur lesquelles il y a « Lui » et « Elle ». Et cette atmosphère plastique, comme dans un aquarium, tu vois bien que ce n'est pas chez moi, ça.

— Ce pourrait être l'appartement voisin.

— Mais non, il n'y a pas d'appartement voisin, les murs de mon séjour forment le coin de l'immeuble. Il n'y a pas de communication possible, on est dehors.

— Oui, oui, d'accord, je cherchais une explication.

— Mais il n'y en a pas, justement. Tiens, regarde, la caméra continue de suivre le chat partout. C'est une très grande pièce, je ne sais pas, deux fois les dimensions de mon séjour, peut-être. Maintenant, on va entrer dans une autre pièce. Voilà. Là, c'est autre chose, plus intime, mais tout aussi grand. L'aménagement est différent, les fauteuils, le foyer, la bibliothèque. Regarde le chat, il choisit un bon fauteuil et s'y installe.

— Il y a d'autres pièces comme ça ?

— Tu ne crois pas que ça suffit ! Déjà, ça fait le triple de mon appartement et dans des styles tout à fait différents.

— Et les autres films ?

— Pareils. Le chat se déplace là-dedans.

— Ouais... Je ne sais pas... Écoute, le mieux, c'est de revoir les films. Il y aura peut-être un indice.

— C'est que ça fait un paquet.

— Ça a commencé quand ?

— Le 3 novembre.

— Et depuis, c'est chaque jour la même chose ? Je veux dire : toujours cet appartement qui n'est pas le tien ?

— Oui, toujours. Comme un déploiement de mon appartement.

— On pourrait revoir les films, il y a peut-être quelque chose qui nous parlera. En fait, il y a trois pièces : ton séjour et deux autres.

— Et le chat se balade dans ces trois pièces comme s'il était chez lui.

— Laissons le chat, pour le moment, et regardons juste les deux pièces. Est-ce qu'elles te sont complètement étrangères ? Il n'y a rien là-dedans que tu aies vu quelque part ?

— Non, je ne crois pas...

— Attends, on va reprendre le film du 3 novembre. Fais bien attention, il y a certainement quelque chose qu'on va pouvoir tirer comme un fil...

\* \* \*

... Alors ?

— Non, je ne vois rien. Tout m'est étranger. Rien qui me frappe.

— Essaie encore. Il doit y avoir un lien entre les trois pièces.

— C'est le chat et la caméra qui font le lien.

— Oui, d'accord, mais il doit y avoir autre chose. Le chat sort toujours de chez toi ? Le trajet ne se fait jamais en sens inverse ?

— Non. Quand le film commence, le chat est déjà dans mon séjour, sur le divan. On ne voit jamais son entrée. Ensuite, la caméra le suit dans les deux autres pièces jusqu'au moment où il monte sur le fauteuil de cuir, devant la cheminée. La caméra ne filme jamais sa sortie non plus.

— Elle filme donc toujours la même chose ?

— Sensiblement, oui. Les cabrioles du chat peuvent varier un peu mais son trajet est toujours le même. Et je ne l'ai jamais vu revenir dans une pièce qu'il venait de quitter.

— Il faudrait visionner tous les films pour savoir si quelque chose, dans les pièces, a changé, s'est modifié depuis le premier jour.

— Je n'ai pas vraiment fait attention à ça, mais il me semble que oui. Par exemple, je crois que le dernier jour, il y avait un feu allumé dans la cheminée de la troisième pièce. Je crois aussi que, à un moment ou l'autre, il y avait les restes d'un repas sur la table de la deuxième pièce. Peut-être aussi des images sur l'écran de télé.

— Écoute, on va essayer d'être méthodique. On fait repasser les films et tu notes les détails différents, d'un jour à l'autre. Ça peut être significatif.

— Par rapport au premier jour ?

— Oui, on va prendre l'état du premier jour comme point zéro.

— C'est un travail monstre, ça, vieux. Il faudrait faire des croquis !

— Écoute, tu veux comprendre ou pas ?

— Oui...

— Alors, on va faire un croquis soigné, clair, précis de chacune des pièces, le premier jour. Après, pour chaque jour, tu rabats simplement, en transparence, la modification. En fin de parcours, on aura le total de toutes les modifications.

— Pour mon séjour aussi ?

— Oui, parce que tu as peut-être l'impression que rien n'a bougé chez toi, mais en réalité il y a peut-être des changements dont tu n'as pas eu conscience. Il faudra bien observer la nature de ces changements. Ça peut aller du livre posé sur la table au feu dans la cheminée. Tu vois, ce n'est pas du même ordre.

— Mais le chat ?

— J'ai l'impression qu'il n'est là que pour nous conduire d'une pièce à l'autre. La caméra aussi, d'ailleurs. Un peu comme dans un rêve qui se répéterait constamment en se modifiant légèrement. Jouons le jeu, il n'y a pas d'autre solution.

— Bon, d'accord, on regarde le premier jour.

— Ce qui est sûr, c'est que les trois pièces sont en enfilade. Mais, alors qu'on voit clairement la porte qui fait communiquer la deuxième et la troisième pièce, on ne voit pas celle qui les fait communiquer avec ton séjour. On ne sait pas par où le chat passe pour aller de chez toi à la pièce du centre.

— Non.

— Autre chose : alors qu'elles semblent un prolongement naturel de ton séjour, elles paraissent deux fois plus vastes.

— Bon, admettons, puisque de toute façon elles n'existent pas.

— Mais elles existent ! La preuve est là. Autre

chose : le style des pièces. Ton séjour fait plutôt décontracté, bois naturel, plantes, reproductions de Folon. Aucun objet de valeur, le confort à la suédoise, quoi. L'autre pièce, elle, fait plutôt design, plastique, verre, couleurs vives, lignes raffinées, un peu froide peut-être. La troisième, c'est vraiment le confort à l'anglaise, les bons fauteuils, les livres aux belles reliures, les tentures. Bref, trois styles différents et bien typés.

— Le chat, lui, semble avoir adopté la première et la dernière pièce, il ne fait que passer dans la deuxième, il ne s'y arrête jamais pour dormir.

— Non, c'est un fait. Voilà un détail à noter. Bon, ça y est, tu as fait un croquis de chacune des pièces au premier jour ?

— Oui, je crois que ça ira.

— Maintenant, on reprend les films et tu notes les détails qui changent d'un jour à l'autre.

* * *

— Tiens, regarde, on n'avait pas vu ça : le magazine posé sur la table. Et dans l'autre pièce, le journal.

— Attends, note ça. J'ai l'impression qu'il doit y avoir, comme ça, des pistes... peut-être pas toujours évidentes mais...

— Et là, quelle est la date ?

— Je ne sais pas, le 7, je pense.

— Regarde, la serviette sur le dossier du transat qui cache le mot « Lui ».

— Et dans l'autre pièce ?

— Je ne vois rien... Ah si, regarde, on a ajouté un appui-tête au fauteuil à gauche de la cheminée.

— Très bien.

— Tiens, là on a relevé le store vénitien. Et dans l'autre pièce... ? Je ne vois rien...

— On dirait que c'est l'éclairage... Là, il y a une lampe-lecture entre le fauteuil et le foyer, elle n'y était pas avant.

— Il faudrait peut-être chercher à préciser le temps. Peut-être que le chat dort chez moi le matin, traverse la deuxième pièce l'après-midi et vient terminer sa journée dans la troisième ?

— Oui, c'est possible, mais finissons d'abord la collecte des détails, on verra après.

— Regarde l'horloge.

— Quoi ?

— L'horloge de la troisième pièce fonctionne, on voit bouger le battant. Reviens en arrière pour voir la deuxième pièce. Il n'y a rien ?

— Non. Tiens, tiens...

— Quoi ?

— Là, sur la petite bibliothèque de verre, dans le coin droit, il y a un sablier qui est en train de se vider.

— Ça alors !...

En tout cas, les pièces sont vides, à part le chat.

— Oui, mais il y a plein d'indices de présence. Tu sais ce que je pense ?

— Non.

— Reviens en arrière. Regarde comme ça ne bouge pas chez toi, c'est toujours dans le même état. Par exemple la chaise, là, au bout de la table...

— Oui, c'est là que je mange le matin.

— Je te parie que son angle ne change pas du premier au dernier film.

— Possible, je mange, je m'en vais. Possible que la chaise ne change pas de position.

— Et là, sur la petite table du téléphone, toujours le même carnet, avec le même crayon posé dessus, je parie...

— C'est possible, je m'en sers et je le remets à sa place.

— Pas de vêtements, de journaux qui traînent.

— Mais que vient faire un chat là-dedans ?

— Ça ?... Mais il y a peut-être un moyen de le savoir.

— Comment ?

— Puisque tout bouge ailleurs que chez toi, si tu introduisais dans ton appartement des éléments de diversion, peut-être que la conduite du chat serait différente.

— De toute façon ce qui m'intéresse, c'est de le faire disparaître, alors...

— Essaie, ça permettra peut-être de découvrir ce qui le fait aller et venir et, éventuellement, d'acquérir un certain contrôle sur sa présence. Ça peut être intéressant, plus que de le faire simplement disparaître, non ?

— Quel genre de diversion ? Changer l'angle de ma chaise ou carrément changer le divan de place ?

— Ça, je ne sais pas. Je serais plutôt pour de légères modifications : c'est futé un chat. Quitte à accentuer les choses s'il n'y a pas de résultats. Mais je ne sortirais pas trop vite les gros canons. Voyons d'abord s'il enregistre les subtilités.

— Ouais... d'accord.

\* \* \*

— Et alors ?

— Je ne sais pas quoi te dire. Tout est en train de devenir si inquiétant.

— Comment ça « inquiétant » ?

— J'ai fait comme tu as dit : un jour, je plaçais la chaise différemment, un autre, je laissais un journal ou un livre. Le chat continuait d'aller dans les autres pièces, et les changements continuaient aussi dans les autres pièces. Mais à un rythme plus rapide, on aurait dit. Puis j'ai eu l'idée de laisser de la nourriture pour le chat. Du coup, il a cessé de se promener dans les autres pièces. Mais la caméra, elle, a continué d'y aller.

— Alors, tu vois toujours ce qui se passe dans les autres pièces ?

— Tu te rappelles, dans les films, les détails changeaient les uns après les autres : un jour c'était l'horloge et le sablier, le lendemain, la lumière ou autre chose. Mais là, on aurait dit que tous les détails se superposaient à un rythme fou. Et en même temps, ce que je n'avais pas vu au début, c'est que tout se dégradait !

— Ah bon ?

— Ça ressemblait... Tiens, les vieilles maisons mal entretenues que l'on voit parfois dans les films, à la télé. La poussière, les toiles d'araignées, les trucs cassés. De plus en plus, les deux pièces se sont mises à ressembler à ça.

— Bizarre...

— Il y a le chat...

— Il change aussi ?

— Non, enfin, oui... Il ne venait plus chez moi quand je n'y étais pas. Il ne venait que les samedis-dimanches et les jours de congé. Je me levais, il était là, je ne le voyais jamais arriver, il était là. Et il n'apparaissait plus dans les films.

— Qu'est-ce que tu vas faire ?

— Je ne t'ai pas dit ? Le chat et moi, on a déménagé... Tiens, regarde, ce sont des photos prises par la caméra, hier. Tu vois, ce chat, il ne ressemble pas du tout à celui que j'avais. La caméra le filme, le matin, puis reste braquée sur cette fenêtre, le reste de la journée. Comme si le chat s'était envolé.

— Quel chat ?

# À UNE PASSANTE

Car j'ignore où tu fuis, tu ne sais où je vais,
Ô toi que j'eusse aimée, ô toi qui le savais!

(Tableaux parisiens, XCIII)


30-05-89

Dis-toi bien que je n'ai jamais voulu t'écrire. Que je maudis ce cahier. Nous l'avions vu, un jour, dans une petite boutique du quartier latin. J'en rêvais. Trop cher. Et puis, la veille de mon départ, tu me l'as offert. J'ai dit merci, ému. Vraiment ému. Tout m'émouvait dans cette atmosphère de départ. Que je déteste cette époque ! Je voudrais la rayer de ma vie.

Donc, ce cahier. Que tu m'as offert.

Je l'ai souvent regardé depuis. Je le prends, le retourne, le caresse, le feuillette du pouce. Et le repose. Impossible d'y écrire quoi que ce soit. Jusqu'à cette idée saugrenue. T'écrire.

Donc, ce cahier. T'écrire.


Il y a bien eu deux ou trois autres départs depuis. Dont le dernier, le tien. Définitif. Et le silence, définitif aussi. Mais le cahier, lui, s'impose. S'incruste. Alors, pour m'en débarrasser...

2-06-89

Johnny Clegg & Savuka hurlent *Too early for the sky* dans mes haut-parleurs. Toute la dureté de cet été-là. Il fallait des rythmes durs pour faire l'amour. Dis-toi bien que j'ai tout oublié. Même la beauté tendre de la nuit sur la foule qui dansait. À d'autres. Est-ce que tu fais toujours tourner l'enregistrement que je t'avais donné ? Pourquoi le ferais-tu ? Sinon pour secouer les souvenirs comme dans un shaker. Johnny Clegg me martèle les tripes. Dis-toi bien que mon corps refuse de se souvenir. Refusera toujours.

3-06-89

Parfois, je crois avoir entendu le téléphone sonner. La nuit, surtout. Impossible de savoir si c'est le rêve ou la réalité. Je décroche. Rien.

8-06-89

À la même époque, l'année dernière, je t'attendais. Comment les choses font-elles pour être aussi différentes ? Une toute petite année. Comment l'air d'ici a-t-il fait pour se vider si définitivement de toi ? Aucune trace. Même si je le voulais. J'ai refait la route jusqu'au lac Cascapédia, pour voir. Tu n'étais pas là non plus. Tu as définitivement pris l'avion le soir de la mort de Félix. Félix, c'était bien la seule raison de pleurer. Tout le monde pleurait ici.

La boucle était bouclée. On sait bien, un 8-08-88.

12-06-89

Tu sais, ce peignoir que tu m'as offert ? J'ai pensé que ce serait la chose du monde dans laquelle je pourrais toujours me réfugier. Il pend au crochet de la porte de ma salle de bains. Il pend. Quand il m'arrive de l'enfiler après la douche, je pense au chat qui viendra s'y agripper pendant que je boirai mon café. Il va encore tirer des fils. Il me le démolit à petits coups de griffes tendres. Complice. J'en chercherai un autre pareil, de la même couleur. Et je n'en trouverai pas. Alors, ce sera un gris ou un blanc ou un bleu.

18-06-89

Acheté le volume 13 des Cantates de Bach dirigées par Nicolas Harnoncourt. Parce que tu ne supportais pas les chœurs. Parce que tu ne supportais pas l'orchestre en général. Parce que tu ne supportais pas l'odeur de sauce qui accompagnait cette musique à la cafétéria de ton lycée. Il n'y a que toi, vraiment, pour associer musique et sauce. Vangelis, lui, était moins « associable » à la bouffe, j'imagine. Vangelis n'était « associable » à rien, au départ. Maintenant, il est « associable » à toi. Ce n'est pas peu dire. Il est condamné à mort.

Tiens, ce disque de Purcell que j'avais acheté juste pour entendre le thème d'un film, Ô Solitude. Je le faisais jouer et rejouer sur ton vieil électrophone. Tu fuyais. Pourtant. Peut-être ne voulais-tu pas te laisser toucher. Tu voulais mais tu ne voulais pas. Tu ne voulais pas mais tu voulais mais tu ne voulais pas.

19-06-89

Le téléphone encore, cette nuit. Enfin, c'est ce que j'ai cru. Ce que mon rêve a cru. Mais non, rien. Le silence, jusqu'au bout du monde.

21-07-89

J'ai laissé passer les dates. Je ne sais plus quand c'était le jour où je t'ai dit que c'était fini. Après, nous sommes partis découvrir la rive sud. Nous forcer à être face au fleuve pour ne pas pleurer. Il y avait des prunes et du jus de pamplemousse. Curieux que je me souvienne si bien. Peut-être que je me souviens surtout de l'arrêt en moi. Après, il ne restait plus qu'à patienter pour que les choses aillent au bout d'elles-mêmes. Mais j'ai oublié la date. C'était quand déjà ? Quelque part en juillet, oui.

Dis-toi bien que je ne cherche pas à épingler des dates. C'est seulement pour vérifier l'oubli. Oui, j'ai bien oublié.

23-07-89

Rêvé de toi, cette nuit. Tu étais venue me chercher pour m'amener chez toi. J'ai eu la surprise de découvrir un appartement complètement en désordre et sale. Un séjour où étaient rassemblés des pianos et des synthétiseurs. D'autres pièces sans porte, avec des murs non peints. Il y avait même un chat, profondément laid, lui aussi. Tu ne t'occupais pas de moi. Tu m'avais posé là et tu faisais ce que tu avais à faire. Des gens entraient et sortaient sans que tu t'occupes d'eux non plus. Je me suis réveillé dégoûté.

C'est le troisième rêve de ce type, à des années de distance. Dans le premier, l'appartement était superbe, vaste, clair et intelligemment décoré. Dans le deuxième — c'était juste avant mon départ, après le cahier, je crois — la maison était en bois avec des colonnes à l'intérieur, complètement en ruines, inquiétante. Et maintenant celui-ci. Il fera partie de la collection.

Je n'avais qu'un désir, quitter cet appartement. Te quitter, toi.

Voilà, c'est fait.

Dis-toi bien que je ne regrette rien.

27-07-89

Si tu avais le choix, quel souvenir voudrais-tu garder ? Nos mains faisant l'amour sur le *Boléro* de Ravel ? Ce fol après-midi au cinéma pendant que l'on projetait *La Route des Indes* ? La promenade en canot sur le lac Cascapédia, ou bien... le feu que je n'arrivais pas à allumer ? La musique des *Portes du paradis* sous la douche ? Ça m'est égal, garde tes souvenirs. Tu ne peux pas savoir à quel point j'ai horreur de ça. Les gens qui sont toujours là à dire tu te souviens de ceci, tu te souviens de cela.

28-07-89

Tu sais, le téléphone. C'est pas la peine de m'appeler, il ne sonne plus la nuit.

5-08-89

J'avais gardé des lettres. Merde, que je suis con ! À ce point-là, je ne croyais pas. J'ai tout foutu à la poubelle ce matin. D'abord, je me suis mis à relire. Je n'y croyais pas. Des lettres tendres, passionnées même. Moi, j'ai reçu ça ? Jamais de la vie. Des lettres avec des fleurs séchées, moi j'ai reçu ça ? Des lettres avec du désir et de la folle sauvagerie ? Sur ma table, il y a la facture de Vidéotron, la revue *Nuit blanche*, c'est tout ce qu'il y avait au courrier. Pas de lettre, vraiment pas de lettre. Ce doit être une erreur.

Une erreur sur la personne, une erreur sur les mots, sur l'origine, sur le ton, sur la provenance, cette personne n'existe pas, sur la couleur du papier, sur le timbre, sur l'odeur du papier, sur l'écriture. D'ailleurs, je ne connais personne de ce nom-là. C'était comment déjà, la signature ? Non, ça ne me dit rien, vraiment rien.

9-08-89

Tu te rappelles, tu disais : « Je ne pourrai pas t'oublier. » Je disais : « Je ne sais pas si je t'aimerai toujours mais je ne t'oublierai jamais. » Curieux.

10-08-89

Je n'y pense plus jamais quand je décroche. Je dis : « Oui. » Et l'autre parle. Une voix de femme. Pas la tienne, une autre. Je ne la reconnais pas. Je dis : « Jeannine ? Thérèse ? » Et elle rit doucement parce que je ne la reconnais pas. Mais non, je ne l'avais pas oubliée, mais bien sûr que je la reconnais. Ça fait longtemps, ça serait bien qu'on mange ensemble, un de ces jours.

Tiens, j'avais oublié d'écouter s'il n'y avait pas la tonalité d'outre-mer.

5-12-89

Dis-toi bien que tu n'auras jamais été qu'une passante. Par une espèce de hasard, la trajectoire de nos planètes nous a fait nous rencontrer. Nous avons continué, un moment, sur des orbites voisines. Mais les planètes finissent toujours par se repousser.

Dis-toi bien que j'ai appris ma leçon. J'ai changé d'orbite. Je me suis cogné à quelqu'un d'autre. Mais je sais que ce n'est que pour un temps. Nous finirons bien par nous repousser, nous aussi.

## À UNE PASSANTE

C'est bien ce qu'elle ne se dit pas encore. C'est bien ce que je sais définitivement. Voilà pourquoi nous sommes déjà en train de nous repousser.

Et moi, je souris doucement.

# ALLÉGORIE

Et quand l'heure viendra d'entrer dans la Nuit noire,
Elle regardera la face de la Mort...

(Fleurs du mal, CXIV)

— Asseyez-vous, Madame, détendez-vous. Le fauteuil n'est pas trop haut ? Ça va ?

Bon, alors, nous allons examiner ces yeux qui, paraît-il, ne voient plus comme avant. Pourtant, ils sont fort beaux, ces yeux, lumineux, du velours.

Vous voyez ce petit appareil, c'est un ophtalmoscope. Il va me permettre d'aller au fond de votre regard, comme en eau profonde. Ouvrez grand, regardez ce point brillant au-dessus de ma tête. C'est bien. Maintenant, tournez les yeux tout à fait à droite. À gauche... Voilà, c'est parfait.

À présent, je vais mettre des petites lentilles devant vos yeux et vous me direz ce que vous voyez, d'accord ? Ne vous fatiguez pas, ne cherchez pas à mieux voir, dites seulement ce qui vous semble clair. Avancez un peu la tête, n'ayez pas peur. Ce sera un peu froid sur votre nez mais bientôt vous ne le sentirez plus. Voilà... Et maintenant, vous pouvez me dire ce que vous voyez ?

# ALCHIMIE DE LA DOULEUR

— La mort en face.

# L'INVITATION AU VOYAGE

Des rêves ! toujours des rêves !

(Le Spleen de Paris, XVIII)

à Gabrielle,
à Louis-Jean

La chaleur est en train de lui bouffer le cerveau. Une mer de vase avec des petits « flop » qui éclatent doucement les uns après les autres. « Flop », fini. Encore une cellule de foutue. « Flop ». Comme une bulle d'eau qui s'éteint. L'odeur doit être accablante. Son cerveau pourrit et pue. Et lui, il est assis sur une petite chaise devant cette mer de boue. Il regarde. L'odeur, qui le dégoûte, remplit ses narines. Il pourrait prendre sa chaise et s'en aller. Il ne le fait pas. Inutile, il ne peut pas sortir de son cerveau. Il reste assis devant une mer infinie de vase puante.

Tout le monde n'a pas la chance d'être aux premières loges pour assister au pourrissement de son cerveau. Le sait-il ? Je le lui dis, ce matin, en me regardant dans la glace, le rasoir à la main. Il se tait. Autant le laisser tranquille, autant laisser se reposer le cancéreux de nuit.

Il n'en a pas pour longtemps. D'ailleurs, je suis trop occupé à essayer de me raser. On n'a pas idée comme il peut être difficile juste de placer les doigts pour tirer la peau du bon côté, pour, de l'autre main, placer la lame au bon endroit et appuyer comme il faut. Mais j'ai tout mon temps. Surtout pour ces gestes-là. Je ne sais pas à quel moment, quel jour, ce sera la dernière fois.

Elles viendront tout à l'heure, elles changeront les draps, m'offriront un bain, un massage. Il me semble qu'elles parlent de plus en plus vite. Ça m'effraie. Je regarde sans arrêt leurs lèvres, je voudrais saisir les mots avant qu'ils ne sortent. Mais je ne les reçois que beaucoup plus tard, infiniment plus tard. Et je vois dans leurs yeux tout le temps qu'il a fallu aux mots pour parcourir la distance entre elles et moi. Si je n'étais pas un homme, je pleurerais. Pour cette distance de plus en plus longue de leur bouche à mon oreille. Elles se penchent vers moi. J'essaie de trouver le plus court trajet pour répondre. J'entends dans ma tête tous les ratages, tous les passages à vide qui font que je n'y arrive pas. Je les regarde. Ne voient-elles pas à quel point c'est difficile ?

Dans l'eau, je me sens bien, je me repose. Je ferme les yeux et je pense à cette mer de boue. Voilà sans doute ce qui se passe dans ma tête, je n'ai pas de mal à le croire. Pas de mal à penser à l'éclatement des petites bulles. « Flop », fini. Pas de mal, non plus, à rester assis devant cette mer de vase. Le plus difficile, maintenant, serait de trouver d'autres images. Des images de vie, des images vertes, par exemple. Des images avec de l'air qui sent bon. Un rêve plein d'air qui sent bon, au printemps. Impossible de me souvenir. Si peu de souvenirs, maintenant.

Je demande à l'infirmière en quelle saison on est. Elle me parle lentement de l'été, en cherchant mes yeux. Je ferme les yeux. Oui, la chaleur, je connais. Mais l'air frais ? Elle me prend le bras, marche avec moi jusqu'à la salle à manger. Elle choisit une place et me fait asseoir. Elle pose le plateau devant moi et glisse la bavette sous mon menton. Elle se penche et je regarde les plis de son sourire. Puis elle s'en va et je commence à manger. Potage de je-ne-sais-pas-quoi, impossible de trouver le nom. Comme s'il n'était plus dans mon fichier. Je fais repasser les fiches une à une, le mot pour dire ce goût n'y est pas. Un goût un peu sucré, pas trop, un goût de bouillon, aussi. Bœuf. Mais pour le reste... J'ai toute la journée, tout le temps de toute la journée pour trouver ce goût.

Bientôt je ne marcherai plus, je le sais. Mon cerveau sera devenu une telle bouillie qu'il sera impossible de savoir ce qu'il faut faire pour marcher. J'ai abandonné déjà tant de choses. Lire, par exemple. Michèle continue d'apporter des livres, des revues. Un mouvement qu'elle ne peut arrêter, on dirait. Je les ouvre, je lis la première ligne, je les feuillette un peu. Je suis si fatigué. Juste tenir les yeux ouverts, regarder la vie d'ici, me prend toute mon énergie. Je voudrais toujours dormir. Mais si je fais cela, je lâche le fil et c'est fini.

*  *  *

Il est toujours assis devant cette mer de vase mais on la sent à peine. Comme un lointain souvenir. Il est toujours assis sur sa petite chaise, de face, cette fois, les mains devant la bouche. Il joue de l'harmonica et il tape des pieds comme un enragé. Il se démène comme s'il fallait couvrir le bruit des petits « flop ». Et vraiment, on ne les entend plus. On ne voit plus la mer, on ne sent plus l'odeur de la boue. Seulement lui, assis sur sa chaise droite, comme un diable, les mains devant la bouche. Il a les yeux fermés, les sourcils froncés, et il joue sa rage.

Le cancéreux de nuit m'a devancé. Je voudrais être dans cette rage totale. Mais l'épuisement. Je n'entends pas vraiment la musique, seulement un souvenir de musique d'harmonica. Les claquements furieux de ses pieds qui dansent. Les miens trop lourds à soulever. Michèle et les enfants parlent entre eux. Je vois leur bouche, leurs yeux, leurs mains qui s'agitent. Par-dessus tout ça, la musique du danseur de nuit. « Et toi, qu'est-ce que tu en penses ? » me demande Michèle. Je souris. Parler devient trop fatigant. Je voudrais danser. Je voudrais au moins lui parler de ces rêves de chaque nuit qui commencent à envahir mes journées. Les enfants vont partir. Ils se penchent vers moi et m'embrassent. Je suis étonné du tendre de leur peau. Je voudrais garder leurs visages dans mes mains pour continuer de regarder, de sentir cette peau. Leur peau s'éloigne, mais aussi la couleur de leurs yeux, de leurs cheveux. Tout s'éloigne. Il faudrait la rage du danseur de nuit sur tout cela.

Qu'est-ce que Michèle comprend à ce rêve ? Est-ce que j'arrive à lui en parler vraiment ? Je ne vois rien dans ses yeux sur moi. Rien que ma lenteur à parler et son impatience. Peut-être.

Ah, laisse-moi, je préfère revenir au rêve. « Est-ce que tu entends la musique ? me dit-elle. C'est une cassette d'Alain Lamontagne, tu sais bien, cet harmoniciste que tu aimais. Est-ce que tu entends ? » Non, Michèle, pas vraiment. Je n'entends pas vraiment cette musique. Qu'est-ce que tu disais que c'était ?

\* \* \*

Étrange, ce rêve de pieds ! Comme un film auquel il manquerait toute une partie de l'image. Un rêve où on ne voit que des pieds. Ils sont tous en rangée, personne ne bouge. Des pieds d'hommes et de femmes, au hasard. Tout au bout de la rangée, perpendiculairement, des pieds d'enfant qui se mettent en mouvement. Il avance en posant soigneusement ses pieds sur ceux des adultes. On le voit lever son petit pied, hésiter, peut-être voudrait-il le poser à côté, ne pas écraser le pied d'adulte, il ne peut faire autrement. Puis, on le voit poser bien franchement ses pieds sur ceux d'un homme. Ceux-ci sont gros, osseux, poilus. Ceux de l'enfant sont tout ronds, tout fragiles. Peut-être l'homme lui tient-il les mains en même temps, parce que l'enfant ne vacille pas du tout. Et leurs pieds se mettent à glisser doucement d'un côté puis de l'autre. Ils dansent.

Est-ce que je t'ai déjà dit, Michèle, que mon père nous faisait danser de cette façon quand nous étions petits ? C'était la joie, j'adorais ça. Je crois que je n'ai pas dansé une seule fois avec toi sans y penser. Non, je ne t'avais pas raconté ? C'est curieux que ça me revienne maintenant. C'est à cause du rêve de cette nuit. Mais la musique ne va pas avec ça. Non, bien sûr, puisque tu dis que c'est une cantate de Bach.

Laisse-moi dormir, je suis fatigué. Il faut aussi que je dorme un peu le jour. Non, ne me laisse pas dormir. Je veux voir ce qui reste de la vie. Secoue-moi, parle-moi. Tant pis pour les rêves, ils reviendront bien cette nuit.

\* \* \*

Depuis que j'ai les yeux ouverts, je cherche le rêve de cette nuit. Que le blanc total, parfait. Un immense brouillard, peut-être. Dans lequel rien n'arriverait à percer. Un froid de neige en attente.

Est-ce que je veux du café ? me demande la dame. Non, la seule chose que je voudrais, c'est mon rêve. Au delà de ce brouillard blanc. Est-ce que je suis aussi en train de perdre mes rêves ?

\* \* \*

Ce blanc total, c'est peut-être cela, justement, le rêve de cette nuit. Autrement, ce serait le noir total, la nuit, la boue. Cette certitude m'a réveillé, ce matin. Parce que, dans mon rêve de cette nuit, il y avait le même océan de boue. Mais l'homme n'était plus assis, impuissant à regarder. Il avait traversé cette mer, il marchait maintenant sur de la neige. Droit devant lui, vers plus de neige encore, une neige plus lumineuse. Entre la neige et la vase, une coupure nette, radicale, plus forte qu'entre la nuit et le jour. La silhouette noire de l'homme s'éloignant sur la neige. C'est tout.

Ce rêve m'a laissé étonnamment calme et reposé. J'ai accepté de ne plus pouvoir me lever et m'asseoir dans mon fauteuil. J'ai accepté de ne plus parler, mais simplement de suivre des yeux la conversation entre Michèle et les enfants. J'ai demandé qu'on me tourne un peu vers la fenêtre. La dame disait que c'était l'été, qu'il faisait chaud. À ma fenêtre, il y a de la neige, une neige lumineuse. Et je vois la silhouette noire d'un homme qui s'en va vers plus de neige encore. Un enfant le guide en lui tenant la main.

\* \* \*

Comment savoir la différence entre le jour et la nuit, maintenant ? J'ouvre les yeux et je ne vois que du noir. C'est à l'intérieur que la lumière est blanche, elle blanchit tout. Je ne voyais plus la mer de vase ni la neige, mais elles étaient présentes. Toute la lumière disait la neige dans ce rêve. L'enfant était tourné vers moi. Je voyais son petit visage tout sérieux. Un manteau noir, une casquette, une grande écharpe noire autour du cou. Et je pensais à un tableau de Lemieux. C'était dans une vente aux enchères, beaucoup de monde, beaucoup de fumée. Des gens qui faisaient virevolter des billets de banque. Je voulais ce tableau à tout prix. J'étais prêt à tout pour avoir ce tableau qui m'était destiné. Mais celui qui le tenait dans ses mains, face à moi, reculait doucement, ne cessait pas de reculer et je tendais la main. Les yeux immobiles du petit garçon. La vie arrêtée, suspendue, dans ce tableau.

Toute la journée, ce tableau m'a habité. Je ne sais pas s'il existe, je ne sais pas si c'est un Lemieux. Michèle est venue sans les enfants. Ouvrir les yeux, c'était risquer de perdre le tableau. J'ai continué à regarder le tableau même si elle était là. Elle a voulu me prendre la main. C'était ma main tendue vers le tableau. Comme si elle me retenait.

\* \* \*

Je suis en train de m'en aller, je le sais. Je n'ai plus beaucoup de résistance à offrir. Je me laisserais partir sans difficulté s'il n'y avait pas les rêves. Curieusement, ils m'invitent à partir et me retiennent en même temps. Chaque jour, je veux vivre un peu plus pour voir le rêve de la nuit et m'en nourrir. Je n'ai plus d'autre attente. Peut-être que mourir, ce sera simplement faire le saut dans un rêve et y rester ? Je crois que je n'aurais pas peur. Ce serait infiniment simple et transparent de mourir de cette façon.

* * *

Comme si mes rêves savaient qu'il n'est plus question pour moi de marcher, ils m'ont envoyé un cheval. Un cheval dont je ne sais pas la couleur parce que j'en suis trop près. Ce n'est pas vraiment un cheval, en fait, c'est plutôt une certitude de cheval que j'ai et qui me rassure. Il est au repos, il attend. Peut-être y aura-t-il quelqu'un, le moment venu, qui me tendra la main ?

Je me suis réveillé en sentant une main sur la mienne. La dame m'a souri. Je croyais que mon corps ne ressentait plus grand-chose, et pourtant la fraîcheur de cette main est venue me chercher dans mon sommeil. Ce n'était pas pour me retenir, à la différence de la main de Michèle, mais sans doute pour me donner encore un signe d'ici. Ce sera peut-être elle qui me permettra de partir. Je voudrais la regarder longtemps, regarder l'un des derniers êtres humains que je verrai. Et qu'elle me donne son sourire comme un congé.

* * *

Ce ne sera pas de la neige mais plutôt de la lumière. Ce ne sera pas l'immobilité ni la danse mais comme une marche souple, celle d'un cheval délié qui vous porte avec douceur. Ce ne sera pas la peur ni le désir mais plutôt l'étonnement. Une impossibilité de dire non.

# Morale du joujou

La plupart des marmots veulent surtout *voir l'âme*...
Quand ce désir s'est fiché dans la moelle cérébrale de
l'enfant, il remplit ses doigts et ses ongles d'une agilité
et d'une force singulières. L'enfant tourne, retourne son
joujou... enfin, il l'entrouvre, il est le plus fort. Mais *où
est l'âme* ? C'est ici que commencent l'hébétement et la
tristesse.

(Essais et nouvelles)

à Aude

Il dit : « Observez attentivement la tête de l'oiseau.
Quand vous aurez l'habitude, vous pourrez identifier la
plupart des espèces grâce à la tête. Examinez bien la
forme, la couleur et la longueur du bec par rapport à la
tête. L'œil est-il traversé d'une ligne foncée, surmonté
d'une bande claire ou entouré d'un anneau pâle ? » Sa
voix se dilue dans un petit brouillard rond et chaud. Je
remonte mes lunettes. La salle ne bouge pas, assoupie. Le
sommeil s'étale, mange la courbe du temps, se noie dans
le rêve. Les yeux ouverts. Il parle toujours : « Voyez-vous
d'autres traits distinctifs sur la tête ? »

Voyez-vous d'autres traits distinctifs sur la tête ?
Voyez-vous d'autres traits distinctifs sur la tête ? Je vois

sa tête penchée, l'arrondi de son oreille, le tracé de ses cheveux sur la tempe. Je pourrais juste un peu tendre la main et toucher sa peau, glisser doucement sur cette couleur. Je ne le ferai pas.

Les bruits, les odeurs de ce petit restaurant à l'heure de midi. Il mange. Comme chaque jour, perchés sur nos tabourets devant le comptoir, nous ne disons rien. Alors, je joue le jeu de la glace. Il s'agit de le fixer intensément dans cette glace profonde qui occupe tout le mur d'en face. Jusqu'à ce qu'il lève la tête. Il s'agit de saisir cette ultime précipitation des secondes pour alors me retirer tout entière avant que lui n'ait levé la tête. Tête penchée à mon tour. Me fixe-t-il dans la glace ? J'attends, impatiente, doucement affolée à l'intérieur. Quelque chose dans l'air a bougé, près de moi. Maintenant, il semble que tout son corps oscille puis se tasse dans un arôme têtu et sucré. Il fume. Si je relevais la tête, je verrais sa pipe, son coude, ses deux doigts accrochés au tuyau de la pipe, près du fourneau. Je verrais ses yeux mi-clos. Dans la glace.

Je paie et je sors. Il fait si humide déjà, en dehors de cette chaleur des nourritures et du tabac.

Je revenais d'un long voyage et j'assistais au premier cours, dans cette salle. Beaucoup de monde. Loin devant, le professeur était entré et avait posé un paquet sur la table. Je devais pouvoir répondre à une seule question : qu'y avait-il dans ce paquet ? Et il m'était impossible de le savoir, j'étais absente depuis trop longtemps de ce pays, trop de choses avaient changé pendant mon absence. Il m'interrogeait et je ne savais pas. Je n'étais pas bien sûre, d'ailleurs, de comprendre les mots qu'il utilisait, je craignais d'utiliser aussi des mots qu'il ne comprendrait pas. Devant tout ce monde, j'étais épouvantée et muette. Il brandissait le paquet au bout de son bras. J'allais être exclue du cours. Brusquement, il s'est arrêté. Plus personne n'a fait attention à moi. Il a rempli le fourneau de sa pipe et s'est mis à fumer. J'étais soulagée de pouvoir me perdre à nouveau dans la foule. Le rêve et la peur me sont revenus en entrant dans la salle. Je me suis assise très loin, derrière. Le professeur est entré, tenant dans sa main un oiseau naturalisé. Il a commencé son cours. Devant lui, l'oiseau posé sur la table me regardait. Accrochée à ce regard, je n'entendais rien. Peut-être y avait-il un oiseau dans le paquet que me tendait le professeur. C'était peut-être cela, la bonne réponse. Mais j'aurais eu une telle répugnance à dire que... Mais je ne sais pas pourquoi.

D'abord, le tabouret à côté de moi était vide. Puis, il est arrivé et a posé entre nous, sur le comptoir, un paquet enveloppé de papier brun et ficelé. Comme une boîte à chaussures. J'ai pensé au regard de l'oiseau et je n'ai pas bougé. Comme si, maintenant, de pouvoir mettre quelque chose dans le paquet me rassurait. Il lui a fallu du temps pour dire, au sujet du paquet entre nous : « Excusez-moi, ça ne vous dérange pas ? » Dans le miroir, j'ai répondu « non ». Il m'est difficile de le regarder en face ailleurs que dans le miroir. Il a fumé comme chaque jour maintenant. Une bonne odeur de tabac hollandais. Puis il a repris le paquet et il est parti.

En tirant la porte derrière moi, à une certaine couleur du temps, ce jour-là, l'image m'est revenue. Un homme que je ne connais pas est là, devant moi, il m'appelle, il me tend une boîte. Je ne comprends pas ce qu'il dit. J'avance à tout petits pas, en regardant le bout de mes sandales, en regardant sa main tendue. Sa voix est attirante. Je vais toucher la boîte, il rit. L'image se ferme. C'était il y a un siècle.

Comme si de tout ce qui s'était passé ce jour-là vous étiez le seul à savoir, je vous interroge silencieusement. Vous n'avez fait que déposer ce paquet entre nous, sur le comptoir, et j'attends de vous toutes les réponses. Ou bien est-ce de lui qui parle des oiseaux et qui m'interroge dans mes rêves ?

Je ne suis plus innocente maintenant quand vous vous asseyez sur le tabouret qui se trouve à côté du mien. Vous déposez votre paquet entre nous et je vous observe dans la glace. Je vous cherche, je vous espionne, baissant toujours les yeux au bon moment. Je connais tout de vous maintenant, la manière dont vos cheveux sont plantés, votre front pas très large et buté, ces arcades sourcilières un peu trop proéminentes, la sinuosité de votre bouche. Tous ces traits qui servent à vous distinguer. Je déteste ce paquet que vous déposez régulièrement entre nous. Il est trop près, il mange mon espace. Je voudrais le lancer dans le miroir qui m'oblige à vous voir, en face. J'entends le petit bruit d'éclatement, je rêve aux mille chemins des fissures, à l'étoilement de l'image. Je rêve et je suis terrifiée. Mais je ne bouge pas et tous les midis, je viens manger à côté de vous. Entre nous, le paquet sagement posé sur le comptoir. Nous ne parlons pas ou si peu.

Nous tâchons de nous effacer dans la couleur du paysage. Le professeur avance à petits pas précautionneux, ses jumelles en main. Derrière, nous nous taisons, plus curieux que convaincus. En suçant le dos de sa main, il produit un son qui doit attirer les oiseaux. Alors, comme lui, nous essayons d'emprisonner l'oiseau dans le petit cercle de nos lunettes. Nous notons soigneusement nos observations. Je voudrais plutôt me rouler dans cette couleur tendre du jour. Une odeur lointaine de feuilles brûlées me rappelle votre tabac hollandais. Demain, je viendrai m'asseoir à côté de vous et vous déposerez votre paquet sur le comptoir.

Alors j'ai vu le professeur se pencher et prendre dans ses mains le corps de l'oiseau. Il nous montre la tête foncée, la mandibule inférieure claire, les barres alaires. Il nous fait remarquer l'absence de contraste entre la tête et le dos. Puis il ne dit plus rien. À quelqu'un qui l'interroge, il répond qu'il s'agit d'un pioui de l'est et il emporte le corps de l'oiseau. Je pense qu'il n'aurait pas été aussi heureux s'il n'y avait pas eu ce corps d'oiseau mort. Je me suis mise à le suivre. Il avait déjà déposé le corps dans une boîte quand je suis arrivée près de lui. Il s'est tourné vers moi et m'a tendu la boîte en souriant. Je pensais, en rentrant, que j'aurais dû prendre ce corps et le naturaliser.

Une main sur mon ventre, il me tient solidement et nous nous envolons. J'ai la gorge nouée de peur et de vent. Je voudrais résister de toutes mes forces. Au delà de sa main, j'imagine une aile toute déployée, un grand corps sans nom. Je ne sais pas si je suis prisonnière ou simplement passive. Nous volons, je suis étonnée d'une telle légèreté, comme si l'air avait creusé tous mes os pour s'y loger. Puis, conduite par sa volonté, je plonge. En dessous, une grande boîte blanche, ouverte. Sa main me plaque durement au fond de la boîte. Je résiste. Il s'allonge à mon côté, me recouvre d'une aile étouffante. Je hurle. Je hurle à l'infini, me semble-t-il, sans que personne ne vienne. Je n'ai que moi pour me tirer de dessous cette couverture pernicieusement légère.

Votre paquet me semble léger quand vous le déposez sur le comptoir. Léger comme une plume. Et vous faites ce geste avec une nonchalance qui s'accorde mal avec tout ce que je mets, moi, dans ce paquet. Au moment de partir, votre bras vient le recouvrir presque entièrement et vous le glissez sur le comptoir avant de le ramener contre vous en vous levant. J'ai souvent remarqué ce geste. Comme si le paquet, d'abord léger, était devenu plus lourd. Je vous regarde partir avec le sentiment que vous emportez quelque chose qui m'appartient.

Le professeur s'est tourné vers moi, il m'offre une petite boîte transparente. Il sourit. Je prends la boîte et je ne sais pas quoi dire. L'oiseau est là, naturalisé. Je m'efforce de sourire aussi et je remercie. Mais il s'agit toujours d'un oiseau mort.

Un homme est là, devant moi, ou plutôt l'image d'un homme, le souvenir d'un homme. Il m'appelle. Tout son visage est sourire, comme un bonbon. Il me tend une boîte mais il n'avance pas plus, c'est moi qui dois aller vers lui. Je ne comprends pas ce qu'il dit, je sais seulement que sa voix est douce, captivante. Il parle, il ne cesse pas de parler lentement, en sourire. J'hésite. Peur et envie mélangées. Je me mets à avancer très doucement, en regardant le bout de mes sandales. Au delà, sa main tendue, offrant toujours la boîte. Je vais toucher la boîte, il rit. Il rit. Il rit. Puis, plus rien.

Je vais toucher la boîte. Sa main tendue offrant la boîte. Le bout de mes sandales, dans l'herbe. Sa voix sur tout cela, comme une mélodie. Tout ce qui me retient, tout ce qui m'enchante, m'entraîne vers lui. Son visage-

sourire, ses yeux brillants. La lumière derrière lui. Il m'appelle.

Je reste là, la main tendue, réveillée tout à coup. Je crois qu'il se passe quelque chose au delà de ma vie habituelle. Quelque chose bouge en moi que je n'entends pas, quand je viens au cours, quand je marche dans la forêt, quand je vais au restaurant. Comme si les doigts du présent tentaient de déplier une ancienne toile patiemment tissée et bien rangée au fond d'une vieille armoire. Je me laisse faire, j'assiste à tout cela, du dehors. Parfois, je m'effraie du monde que je transporte ainsi, malgré les apparences.

Il range quelques spécimens d'oiseaux naturalisés dans une armoire. Aujourd'hui, il va nous montrer comment préparer le corps, il étale ses petits outils sur la table. La porte de l'armoire, ouverte derrière lui, laisse voir une rangée d'oiseaux immobiles et silencieux. Il s'agit d'abord de maintenir les plumes écartées avec le pouce et l'index et d'inciser le ventre, de la base du cou jusqu'à l'anus. On écarte alors la peau, puis on saupoudre de plâtre la plaie pour éviter tout écoulement. On enlève ensuite tout l'intérieur et on extrait de la tête la cervelle, les yeux, la langue et le larynx. On badigeonne soigneusement de plâtre la paroi interne de la peau. Dans l'ouverture ainsi pratiquée, on introduit une sorte de mannequin en fibre de bois. On remplit le crâne et les orbites de terre glaise pour obtenir le modelage réel de la tête de l'oiseau et fixer les yeux dans leurs cavités. Après, il n'y a plus qu'à recoudre l'ouverture, à lisser les plumes. On passe une légère couche de vernis incolore sur le bec. On place l'oiseau sur un perchoir. Mort-vivant. Ses yeux fixes dans ma mémoire. Le professeur lave soigneusement ses instruments, range tout. Je voudrais reculer au bout du monde. Il nous interroge. Je regarde désespérément le bout de mes chaussures.

Saisie par mon regard fixe dans le miroir, je prends conscience tout à coup que je suis au restaurant, que vous venez d'arriver et que vous avez, une fois encore, posé entre nous votre paquet. La chaleur d'ici me devient insupportable, toutes les odeurs semblent se décomposer et m'emplir le cœur. Je ne vais pas pouvoir manger. Je ne vais pas pouvoir supporter votre odeur de tabac sur tout cela. Ni ce paquet que vous posez jour après jour sur le comptoir.

Mais vous parlez. Je ne sais pas ce que vous dites. J'entends le bourdonnement de mes oreilles, le grondement dans mes oreilles. Mais vous parlez et je ne vais pas pouvoir partir. Vous prenez le paquet, vous me le tendez avec un sourire. Je ne comprends pas. Vous semblez insister. Puis votre sourire se fige et vous reposez le paquet sur le comptoir, entre nous. Vous repliez vos bras sur le comptoir et vous penchez la tête. Le bourdonnement s'arrête brusquement dans mes oreilles. Tout devient clair, subitement. Je vous regarde dans le miroir. Vous n'avez pas fumé. Après avoir mangé, vous avez payé et vous êtes sorti en laissant le paquet sur le comptoir.

Je suis restée là, incapable de bouger, prisonnière de ce paquet. Puis, mon bras s'est allongé, ma main a glissé un peu plus vers moi le paquet sur le comptoir. Je me suis levée en ramenant le paquet contre moi. Léger comme une plume. Et je suis sortie. L'air vif m'a saisie à la gorge. Deux mains sur mon cou. Je me suis retournée, épouvantée. Le paquet a glissé. Un tout petit bruit en tombant sur le sol, vraiment presque rien.

Le paquet tombe sans fin, dans mon rêve. D'abord, je ne m'en occupe pas, indifférente. Ce paquet ne m'appartient pas. Puis je reconnais mon nom, mon écriture sur le paquet. Alors, il devient urgent de le récupérer. Il s'est mis à dévaler un chemin de montagne. La terre est rouge tout autour. Des espèces de lianes transparentes se nouent à mes chevilles, je tombe. J'arrache tout, sans ressentir aucune douleur et je me remets à courir. Le paquet s'est arrêté, coincé entre deux rochers. Quand je m'avance pour le prendre, il est si lourd que je ne peux pas le ramener jusqu'à moi. Je vais chercher de l'aide. Mais à l'infini, il semble qu'il n'y ait personne. Quand je reviens vers le paquet, un homme est là et il me le tend avec un sourire. Je le prends. Il est vraiment très léger, léger comme une plume.

Il vient m'ouvrir en lissant les plumes d'un oiseau naturalisé perché sur son doigt. À part son immobilité, l'oiseau a vraiment toutes les apparences de la réalité. Le professeur sourit, heureux de me voir, semble-t-il. Il m'entraîne dans son petit laboratoire. Voilà, il va me montrer ce qu'il est en train de faire. J'ai toujours mon paquet sous le bras, il me propose de le poser quelque part, je refuse. Curieux, il me demande si je lui apporte un oiseau. Je dis que je n'en sais rien, qu'on m'a remis ce paquet mais que je ne sais pas ce qu'il y a dedans. Il me propose alors de l'ouvrir pendant qu'il termine le travail commencé avec l'oiseau. Je ne sais pas s'il m'est possible de l'ouvrir ici. Chez moi non plus, ce n'est pas possible. Je pose le paquet sur une petite table et je m'assieds à côté.

Il continue de parler. Sa voix me semble légèrement étouffée par tout ce qui est entre nous, les étagères hautes, les corps de plumes, l'odeur d'ammoniaque. Je ne comprends pas bien ce qu'il me dit mais je me laisse glisser dans cette voix et je m'y repose.

Peut-être a-t-il posé une question que je n'ai pas entendue ? Il hausse le ton qui m'atteint de plein fouet et me tire de mon brouillard rond et chaud. Je bafouille, je dis que je ne sais pas. Il est en train de me poser une question à laquelle je suis incapable de répondre, je vais être exclue du cours. L'urgence de m'en aller alors, reprendre mon paquet. Courir à l'air libre. Courir. Courir.

C'est moi aujourd'hui qui dépose le paquet entre nous, sur le comptoir. J'ai baissé la tête. Je sais qu'il m'observe dans le miroir, la pipe au bout de son poing, sans rien dire.

Je voudrais... Mais je ne sais pas ce que je voudrais. J'ai une telle répugnance à dire que...

Je crois que vous vous êtes tourné vers moi, que vous m'avez forcée à relever la tête, à vous regarder dans les yeux. Je crois que vous avez d'abord écarté le paquet et que vous avez commencé à me parler sans sourire. Je crois que je me suis mise à comprendre ce que vous disiez.

Vous avez pris le paquet et vous vous êtes levé. Je vous ai suivi. Dehors, vous m'avez tendu la main et je l'ai prise. Nous avons marché jusqu'à une petite place tout enveloppée d'un soleil mordoré. Vous vous êtes assis et vous avez commencé à arracher le papier. C'était une boîte blanche, un peu comme une boîte à chaussures. Vous avez enlevé le couvercle, écarté un papier plus fin à l'intérieur et vous m'avez tendu la boîte. Dedans, il y avait un « appelant », un oiseau en bois sculpté. Vous me disiez que vous étiez sculpteur et que vous étiez heureux de me l'offrir.

J'ai dormi sans rêves. En serrant l'oiseau contre moi. J'aime la douceur du bois. J'entends votre voix. Quelque part, un homme refait sans cesse votre geste, il me tend une boîte dans laquelle je découvre un « appelant ». Je souris à ce nom. L'oiseau, dans mes mains, a la chaleur du bois. Je l'ai posé sur la table. Et j'ai placé les outils que j'ai pu trouver chez moi, un ciseau et une petite masse. Il ne tiendra pas sur le dos, il faudra l'installer entre les mâchoires d'un étau et serrer. Juste à la hauteur des ailes. Je place la pointe du ciseau à l'endroit qui serait le milieu du ventre et je tape, doucement d'abord puis plus fort. Le bois n'est pas très dur, il se fendille, ce qui me permet d'introduire le ciseau plus aisément encore. Sourire quelque part en moi. Le travail est plus facile que je ne le croyais. L'oiseau va peut-être s'ouvrir tout à fait par le milieu ? Je voudrais, comme d'un oiseau véritable, écarter les parois de la peau et sortir tout l'intérieur.

Je me suis arrêtée de frapper avant que l'oiseau ne soit complètement ouvert et j'ai desserré lentement les mâchoires de l'étau, curieuse du résultat. Le ventre est là, béant à demi sous mes yeux, une grande plaie sèche. Du doigt, je suis le tracé de l'entaille, l'odeur du bois s'est libérée, un peu plus forte. Rien à l'intérieur. Que des stries fines comme des vaisseaux sanguins et les tout petits éclats de la rupture des deux parties, de chaque côté. Qu'est-ce que j'espérais donc ? Le repli de la déception. J'ai une telle répugnance à dire que... Il aura montré ce qu'il avait à l'intérieur, ce qu'il y avait à l'intérieur de la boîte. Rien. Je repose l'oiseau sur le ventre, pour cacher sa béance.

Ainsi, vu de dos, maladroitement en équilibre sur la table, il me fait penser à un oiseau qui commencerait d'ouvrir les ailes pour prendre son vol. C'est à l'air qu'il faudrait le rendre, aux odeurs d'automne, aux vols bruyants qui descendent déjà vers le sud, pour l'hiver. Je le prends et je sors.

Un homme est là qui entretient son feu de feuilles mortes à petits coups de râteau attentifs. Je lui offre l'« appelant » qu'il hésite d'abord à prendre. Puis il se penche et le recouvre doucement de feuilles bien sèches qui vont prendre feu. Avec son râteau, il le pousse un peu plus vers le centre. Et nous attendons. À une certaine couleur de la flamme, soudain, nous savons que l'oiseau a pris feu. L'odeur aussi s'est légèrement modifiée. Elle se répand dans l'air très frais et me rappelle votre tabac hollandais.

# La beauté

Je suis belle, ô mortels ! comme un rêve de pierre...

(Spleen et Idéal, XVII)


Je ne sais plus comment j'ai commencé cette sculpture. Sans doute comme toutes les autres. Je ne vois pas pourquoi j'aurais travaillé d'une façon différente : d'abord dégrossir le bloc de pierre, chercher la forme qui s'y cache, repérer les lignes de force. Comme les autres fois. Il y a bien eu aussi ce moment où j'ai failli tout abandonner et où j'ai repris tout en pensant aux fonds de tiroirs vides, au loyer à payer. Comme toujours.

Il y a eu surtout l'inconscience, la bestialité de tous les débuts. Ce long moment, des heures, des jours, où je suis comme une bête devant un rocher. Où je tourne autour sans savoir par quelle porte entrer. Où j'ai le cerveau éteint, où je ne suis guidé que par mon ventre, mes tripes et quelque chose d'autre, au delà, mais de tout aussi bestial. Vraiment, comme chaque fois...

Sorti du temps de l'instinct, aujourd'hui, je ne sais plus. Je regarde cette pièce et je ne sais plus. Elle m'échappe. Elle me tue.

Quand Cherzac est venu dans mon atelier, il a tourné autour de mon ébauche et il est resté silencieux.

Il préparait une exposition de la « jeune sculpture d'ici ». L'idée de me séparer de cette pièce me déchirait. Pas seulement l'impression qu'elle n'était pas finie, plutôt le désir qu'elle ne soit jamais finie. Impossible d'imaginer de la vendre, impossible de m'en détacher. Elle me construisait autant que je la dépouillais de sa gangue. Et je ne savais pas où cela s'arrêterait.

Elle est restée longtemps sans répondre à mes coups, muette, silencieuse. Mais je sentais son œil quelque part et je m'acharnais à trouver la voie. À un moment, je me suis arrêté. La peur de la réduire en poussière et de me trouver devant le vide. Absurdement. Épuisé par une trop grande passion.

Je suis resté assis devant, le dos rond, la masse et le ciseau inutiles dans les mains. Comme si je rendais les armes, finalement. Tous mes efforts n'avaient servi à rien. C'était à elle, la pierre, maintenant, de dire ce qu'elle voulait. Elle se taisait. Une bête, elle aussi. Juste son œil ouvert et une sorte de respiration très secrète, très blanche, que j'entendais malgré tout. Mais je ne savais comment la délivrer. Je lui ai tourné le dos, j'ai pris un vieux morceau de tissu et je l'ai lancé dessus. Je ne voulais plus rien voir.

Tout a commencé comme cela. Comme toutes les autres fois, au fond. Il y a toujours des ébauches qu'on rejette avant de les reprendre et de les mener à une forme qui semble si nécessaire, si évidente, après. J'ai oublié celle-ci pendant plusieurs jours. Du moins je le croyais.

C'est par distraction que j'y suis revenu. Je venais de finir une pièce qui m'avait enthousiasmé au début et qui s'était ensuite révélée trop facile. Je l'avais terminée plus par dégoût de laisser une œuvre inachevée que par véritable désir. Mais elle était terminée et je n'en étais pas mécontent. Elle trouverait sans doute facilement un acheteur et me permettrait de travailler à autre chose sans être talonné par les soucis d'argent pendant quelque temps. Il faisait froid dans l'atelier, c'était un jour de pluie. Mais le bruit de la pluie sur le toit et dans les vitres ne me gênait pas. Un jour de petite satisfaction qui aide à en vivre d'autres, quoi. Je ne sais pas pourquoi j'ai attrapé ce bout de tissu pour m'entourer les épaules et la nuque. Et le bloc de pierre ou plutôt la pulsation de sa respiration m'est arrivée en pleine poitrine. Seigneur, ça vivait là-dedans ! Comme un cœur. Ça battait mais je ne savais pas où. Sans réfléchir, j'ai saisi masse et ciseau et je me suis mis à travailler avec un sentiment d'urgence qui me mettait en sueur. Complètement fou. Quand je me suis arrêté, par manque de lumière, je ne sentais plus la pulsation. C'était la respiration à peine perceptible de quelqu'un qui dort. Mais je ne l'avais toujours pas délivré. Je ne voyais pas bien ce que j'avais fait mais ce n'était pas cela l'important. C'était ce qui restait à faire.

Je l'ai laissée sans la recouvrir. Comme si la nuit suffisait. Et je suis sorti. Complètement crevé. Dans la rue, j'ai croisé deux peintres d'un atelier voisin, ils ont dit quelque chose, je ne sais pas quoi. J'avais les oreilles bouchées, le cerveau brumeux. Je suis rentré dormir, incapable de manger ou de faire quoi que ce soit.

Ce que j'ai vu, le lendemain, était incompréhensible. Jamais je n'aurais pu imaginer ce qui existait là, mais c'était... Ce n'était pas de moi, ça ne ressemblait à rien de ce que j'avais déjà fait. Mais c'était devant moi et ça se tenait. Impossible de dire le contraire.

Je me suis remis au travail. Doucement, cette fois. Plus question de grands coups de masse. Mais la pièce était trop grosse pour que j'aie une idée de l'ensemble en travaillant à si petits coups. J'avais l'impression de travailler au hasard, aveuglément. Guidé par la seule nécessité de continuer. La pièce était absolument silencieuse, ce jour-là, je ne l'entendais plus, mais j'avançais. Il y a des jours comme ça : on travaille en aveugle, on n'a pas vraiment envie de voir, on entre dans l'atelier, on prend les outils et on se met au travail.

J'ai dû travailler ainsi pendant trois jours, comme une brute, un homme ivre. Je ne me souviens pas d'avoir mangé, d'avoir dormi. On m'aurait demandé mon nom, je ne l'aurais même pas su. Elle, c'était la seule chose qui comptait.

Je ne sais pas comment j'ai su qu'il fallait que je m'arrête, qu'un coup de plus détruirait tout. Comme si quelqu'un avait retenu ma main. J'ai repris le morceau de tissu et je l'ai lancé sur la « chose ». Je suis parti sans me retourner.

C'est le lendemain qu'on est venu me prévenir que le feu avait rasé mon atelier. Je suis resté hébété. Aucune raison que mon atelier s'enflamme, aucune source de chaleur, même pas l'électricité... Alors j'y suis allé, comme dans un rêve. De loin, j'ai constaté que le toit s'était écroulé. J'ai eu du mal à me frayer un passage à travers les débris. J'ai cherché tout de suite l'endroit où j'avais laissé la pièce. Il a fallu la dégager de sous les bardeaux calcinés. Alors, au milieu de tout ce saccage, elle s'est mise à briller, ma Vénus, mon étoile.

# À CHACUN SA CHIMÈRE

... ils cheminaient avec la physionomie résignée
de ceux qui sont condamnés à espérer toujours.

(Le Spleen de Paris, VI)

Je ne parle pas pour moi-même. Je viens témoigner
au nom d'une femme. Celle-ci, le 5 avril dernier, a vu
dans la ville de La Rochelle en France le corps de sa
sœur, sous les apparences d'un mannequin de vitrine. Il
était transporté dans la rue par une autre femme. Ce qui
l'a frappée, d'abord, c'est, outre la totale ressemblance, la
légèreté du corps. Celui-ci, en effet, était emporté sous le
bras, sans aucun effort, presque avec négligence. Aucun
des passants n'a semblé surpris ou inquiet. La femme au
nom de qui je parle est restée, elle, clouée sur place,
muette. Elle était accompagnée d'une autre femme qui
n'a cependant rien remarqué. Avant que l'effet de choc
ne cesse, la femme qui portait le corps avait disparu.

La femme dont je parle a continué sa promenade
dans les rues piétonnes voisines du port. À certains
moments, la vision de sa sœur, emportée sous le bras
comme un mannequin, venait violemment s'interposer
entre elle et la réalité. L'intensité de cette vision s'est
accrue au fil des heures jusqu'à prendre entièrement pos-

session de sa volonté. À midi, sa décision était prise. Elle s'est séparée de la femme qui l'accompagnait pour tenter de retrouver sa sœur.

Sa première démarche a consisté en un tour des vitrines du quartier où elle avait fait cette rencontre. Recherche tout extérieure donc. La plupart des mannequins qu'elle a pu voir n'avaient rien qui puisse donner l'impression qu'il s'agissait de véritables femmes. Même pour quelqu'un de myope, la confusion était impossible. Aucun de ces mannequins n'avait, non plus, une quelconque ressemblance avec la sœur de la femme dont je parle. Une ressemblance qui aurait pu la convaincre qu'elle avait été victime d'une hallucination.

Le soir, au moment où elle devait normalement quitter cette ville avec la femme qui l'accompagnait, l'éblouissement sec d'un verre cassé l'a contrainte à rester. Je dis un verre cassé, c'est en fait un bruit entendu, pas une chose vue. Elle a entendu ce bruit et elle a su qu'elle ne pouvait pas partir. L'autre femme est donc repartie sans elle.

La petite chambre louée pour la nuit dans un hôtel modeste de la vieille ville donnait sur une rue marchande et piétonne. La femme dont je parle s'est installée à la fenêtre au moment où la nuit tombait. La plupart des vitrines étaient bien éclairées, la rue aussi. Le temps était doux et des promeneurs flânaient avant d'aller dormir. Si la femme est restée devant sa fenêtre toute la nuit, ce n'est pas parce qu'un événement s'est produit ou qu'une piste s'est offerte à sa recherche. Simplement, elle ne pouvait faire autrement, malgré la fatigue. Elle ne pouvait être ailleurs.

Au matin, elle est sortie et s'est mise de nouveau à tourner dans le quartier, enfilant les rues au hasard et se retrouvant sans cesse aux mêmes endroits : la petite place de la statue équestre, la rue qui longe le quai Duperré, la place de l'hôtel de ville, la promenade au pied des tours.

Il lui serait difficile de dire exactement dans quel état elle se trouvait. La fatigue, une sorte d'engourdissement du regard, les heurts de la foule lui donnaient la sensation de naviguer plutôt que de marcher. La solitude aussi.

À cette heure entre chien et loup qui rend difficile l'appréciation des distances et floues les images, une maison s'est imposée à son regard. Son caractère vieillot détonnait dans un environnement de béton. Elle s'est mise en marche vers cette maison. C'est alors qu'elle a entendu un autre bruit de verre brisé. Mais ce bruit n'était pas localisé comme le serait la chute d'un verre sur le pavé. Il s'étendait sur tout comme un brouillard, à la fois infiniment bref, un claquement, et infiniment lent. Comme s'il était porté trop longtemps par l'air.

Elle n'a pas été surprise de constater que l'une des vitres des fenêtres latérales de la maison était cassée. Mais il était impossible de savoir si l'incident venait de se produire ou si les choses étaient dans cet état depuis un certain temps. Derrière la fenêtre, on pouvait voir des plantes.

La femme est restée longtemps à regarder cette fenêtre. Puis la lumière s'est faite dans la pièce, et elle a vu ce qu'elle ne pouvait discerner avant, la silhouette d'une femme. Et elle a mis sa sœur dans cette ombre. Les formes concordaient exactement.

À reculons, elle est venue s'asseoir sur un banc face à la fenêtre, dans le petit jardin au bord de la mer. Toute la nuit a passé. La fenêtre éclairée, la silhouette derrière la vitre cassée, rien n'a bougé. Cette femme avait plus fort que tout le sentiment qu'il fallait garder ce qu'elle avait trouvé. Rester là.

Elle s'est peut-être assoupie au petit matin, ce serait compréhensible. Quand elle est revenue à elle, la fenêtre était éclairée par le soleil de telle sorte qu'elle ne pouvait rien distinguer à l'intérieur. Elle s'est donc résolue à faire ce qu'elle n'avait pu faire la veille. Elle s'est approchée de la maison et a frappé à la porte. Mais elle n'a reçu aucune réponse. Alors, elle a poussé la porte et s'est retrouvée dans l'une des rues piétonnes voisines du port.

Dans cette rue, la femme au nom de qui je parle a vu le corps de sa sœur sous les apparences d'un mannequin de vitrine. Il était transporté par une autre femme. Aucun passant n'a semblé surpris ou inquiet. Elle est restée là, clouée sur place. Avant que l'effet de choc ne cesse, la femme qui portait le corps avait disparu.

Il a fallu du temps à la femme dont je parle pour se rendre compte que tout un côté de cette rue était formé d'arcades bordées de boutiques aux vitrines réfléchissantes comme des miroirs. Dans un angle particulier, chacune lui renvoyait à l'infini sa propre image et, à l'arrière-plan, l'image de sa sœur, mannequin de vitrine. Quand elle s'est retournée pour tenter de saisir enfin sa sœur, l'espace était vide derrière elle. Plusieurs essais ne donnèrent pas plus de résultat. Seuls les miroirs avaient, semble-t-il, le pouvoir de lui rendre celle qu'elle cherchait.

Et pourtant, d'une façon presque enfantine, la femme dont je parle n'a pas hésité à lancer de toutes ses forces un pavé dans une vitrine pour s'y introduire. L'éblouissement sec du verre cassé s'est étalé sur la ville, et la femme s'est retrouvée dans l'une des rues piétonnes voisines du port.

Dans cette rue, elle a vu le corps de sa sœur sous les apparences d'un mannequin de vitrine. Il était transporté par une autre femme. Aucun passant n'a semblé surpris ou inquiet. Elle, elle est restée clouée sur place. Avant que l'effet de choc ne cesse, la femme qui portait le corps avait disparu.

La femme dont je parle a, cette fois, tourné résolument le dos au vieux quartier. Elle est sortie par la porte de la Grosse Horloge et elle est venue s'asseoir sur le quai Duperré. Les quelques voiliers amarrés là ne troublaient pas la tranquillité du plan d'eau. La ville était calme et l'air du soir rapprochait doucement l'horizon.

En un mouvement dont elle était pratiquement absente, elle s'est penchée sur l'eau. Elle n'a pas été étonnée de reconnaître sa sœur dans l'image que lui renvoyait la surface immobile. C'était sa sœur, mais une sœur figée dans son masque, comme un mannequin de vitrine. Irrésistiblement, elle a tendu la main pour la toucher, la rejoindre. Un éclair de verre cassé a fendu l'atmosphère et elle s'est retrouvée dans l'une des rues piétonnes voisines du port.

Dans cette rue, elle a vu le corps de sa sœur sous les apparences d'un mannequin de vitrine. Il était transporté par une autre femme. Aucun passant n'a semblé surpris ou inquiet. Elle, elle est restée clouée sur place. Avant que l'effet de choc ne cesse, la femme qui portait le corps avait disparu.

Voilà, c'est le témoignage de cette femme. Je l'ai rapporté aussi fidèlement que possible.

# ENIVREZ-VOUS

Enivrez-vous sans cesse ! De vin, de poésie
ou de vertu, à votre guise.

(Le Spleen de Paris, XXXIII)


Monter la rue jusqu'à la librairie, pousser la porte,
être saisie tout de suite par le courant qui entraîne.
Passer la consigne, passer les caisses. Rayon du roman
policier et de la science-fiction, comme un îlot. Rayon
de la bande dessinée. Murmure qui ondule au rythme du
couloir coupé par les jambes des lecteurs assis par terre.
Les livres par petits paquets disciplinés posés sur les
tables. Romans. Des couleurs douces, rayures bleues sur
fond blanc, caractères noirs sur fond beige. Parfois une
bande orange, parfois une illustration, tentative de retenir la main qui prend, qui feuillette du pouce ou plus
lentement avec des pauses. Morceaux de pages lues qui
viennent s'accoler à d'autres morceaux dans un ordre, un
désordre, qu'aucun auteur n'a jamais voulu. Étrange livre
qui s'écrit ainsi dans la lecture de ceux qui passent, mettent bout à bout les mots réunis par le hasard. Livre
fascinant dans son assemblage disparate, dans sa déme-
sure, dans l'oscillement de la langue qu'il crée. De l'aigu

au grave, de l'étincelant au plat, du mystérieux à l'intelligible, du touchant au sec.

Et l'odeur. Manteaux mouillés, laine, cheveux humides, parfois eau de toilette et maquillage. Pipe tous feux éteints. Mais ce n'est que l'odeur de surface. En profondeur règne celle du papier, pâte séchée mais toujours végétale, fine, presque transparente, juste assez d'épaisseur pour être reconnue à travers l'emmêlement de toutes les autres qui se déplacent sans arrêt et finissent par créer une bouillie d'odeurs. L'odeur du papier est stable dans l'air mais souterraine. C'est elle qui attire. On pourrait imaginer chacun des lecteurs, yeux fermés, oreilles bouchées, comme des chiots, tirés en avant par la truffe. Observez ces nez pointés, hésitant sur une direction puis sur une autre et soudain reconnaissant l'effluve, le seul qui soit impérieusement attirant, ce frémissement des narines qu'aucune bonne éducation ne saurait dompter, cette manifestation délicate mais charnelle du plaisir.

Jusqu'à la dégustation. Il s'empare du livre, l'ouvre. Ce ne sont plus les narines qui frémissent, observez bien les joues puis les maxillaires. Discret. Il mange, de l'intérieur, mais il mange. Finement, comme dans un repas en noble compagnie. Apparemment il lit mais il mange. Faisant aller et venir les mots sous le palais, d'une joue à l'autre. Il croque les consonnes, il mâche les voyelles. Puis il s'arrête et pose le livre comme sa serviette.

La main s'attarde un peu sur la couverture. Le lisse du blanc, la coupure de la bande de papier qui crie au chef-d'œuvre. Le frais de ce papier glacé. Si délicate, cette petite fraîcheur, qu'il n'en aura presque plus conscience. Pourtant les doigts ont bien enregistré la différence, le granuleux du papier, le lustré de la couverture. La main glisse un peu, laisse traîner les doigts, puis se tend, prend un autre livre, tentant comme une crème glacée.

Tout. La sensation du tout, même si je sais qu'il existe ailleurs d'autres livres. Ce qui n'est pas ici n'existe pas ou pas encore. Le goût de l'orgie. Plonger dans cette immense marmite et goûter à tout. Comme eux. Non, moins délicatement, me vautrer, m'empiffrer jusqu'au haut-le-cœur. Comme si je n'avais pas mangé-lu depuis cent ans. Je veux tout. Et je reste paralysée, parce qu'il y a trop. Et, comme eux, je vais aller d'un comptoir à un autre, comme eux du bout des doigts — trop chaud dans mon manteau — je vais prendre un livre, l'ouvrir au hasard, lire du bout des cils, en prendre un autre, tisser une toile sans véritables motifs, désordonnée, de mes morceaux de paragraphes, de mes échantillons de mots. Comme eux, peut-être, j'en retiendrai un ou deux, pour une phrase qui a frappé au hasard ou pour un coup de raison. Pour rien, pour le prix, pour la couleur de la jaquette, pour.

Tourner le dos à tout, s'engager dans la file, curieuse de ce que l'autre a choisi, devant. La fêlure du regret déjà. Impossible de faire demi-tour. À quoi bon, d'ailleurs. Payer, heureuse et moins heureuse. Se consoler, se promettre de revenir, se promettre de s'offrir cela, la prochaine fois. Hésiter dans l'entrée à pousser la porte et plonger dans l'air froid.

Marcher vite, le sac se balance au poignet, rebondit contre la hanche. Relever le col à cause du vent. Cette femme que l'on n'a pas vue venir, la bataille des parapluies. L'aigreur du regard puis, enfin, la bouche de métro, se mettre à l'abri, se mettre au chaud.

La petite sonnerie du départ, le souffle des portes qui se ferment, balancement régulier, défilé des zones de lumière et d'ombre. Le sac sagement posé sur les genoux. Comme pour un gâteau, ne pas commencer à lire avant d'être bien assise chez soi. Ne pas feuilleter même, ne pas toucher, faire durer l'attente, le désir. Fermer les yeux, bercer ce désir avec l'image de tous les autres livres. En attente. Piles disposées sur les comptoirs. Ils s'éloignent. Changement de direction, la foule qui piétine dans le couloir. Les portes au carré vert sur lequel il faut mettre la main et pousser. Marcher vite, courir presque, emportée, précédée, poursuivie par le flot de la foule qui avance, obstinée, aveugle. Puis, de nouveau, l'air, agressif. L'escalier, le parapluie, la rue. L'heure des courses avant le repas du soir. La porte du traiteur qui s'ouvre, une bouffée chaude, très brève. Puis le silence de cette petite rue. Le soir tombe vite. Le code, la porte qui s'ouvre, l'ascenseur feutré, la clé dans la serrure.

L'appartement comme endormi. Allumer une lampe, orange chaude dans l'espace, puis une autre. Le silence a les yeux ouverts, attentifs ; suspendu aux gestes, il se blottit autour des lampes, se laisse apprivoiser. La musique lui déroule une longue laisse. Maintenant tout est lié, rassemblé autour de moi, dans mon espace. Ralentissement de mes gestes, la détente dans la nuque puis, lentement, dans le dos, au creux des reins. Manger, sans ordre, au gré de l'inspiration, en chantonnant. Regarder le courrier distraitement, allumer la télé, crevée brutale de l'harmonie. La raison, là aussi, savoir ce qui se passe ailleurs, l'oublier très vite d'une information à l'autre, tourner le bouton, retrouver la musique et m'allonger dans un bain chaud.

Être bien, tout oublier, glisser presque dans le sommeil, un corps si souple, si léger, flottant. Des morceaux qui disparaissent totalement sous les bulles. Les oublier. Un corps tout en mains ou bien tout en ventre. Seulement ce lisse-là sur lequel l'eau coule. Le peignoir, relais de l'eau, enveloppant, et m'allonger sur le lit, cette fois, pour lire.

# SPLEEN

Cependant qu'en un jeu plein de sales parfums,
Héritage fatal d'une vieille hydropique,
Le beau valet de cœur et la dame de pique
Causent sinistrement de leurs amours défunts.

(Spleen et Idéal, LXXV)


Voilà comment je vais procéder. Les cartes vont vous permettre de revivre huit scènes du passé. En commençant par les plus rapprochées dans le temps. Chaque scène est constituée de quatre cartes disposées en carré. Il y a presque toujours une carte maîtresse, les autres viennent apporter des compléments d'information, des nuances. Mais chaque carte est étudiée dans son rapport positif ou négatif avec les autres, suivant sa position dans l'ensemble. Je dis ce qui m'est donné. Mais vous seul pouvez accepter de voir réellement la scène et en faire votre profit.

Voici votre première scène. Elle est d'une très grande violence, ouverte ou contenue, je ne sais pas. Trois forces mâles sont en cause, ce peuvent être trois hommes ou la multiplication de capacités généralement dévolues aux hommes. Ces forces sont en opposition les unes avec les autres à cause d'une autre puissance, de connotation féminine celle-là. L'amour, par exemple. L'une d'elles sert à la défense de cette carte d'amour. Les deux autres attaquent à la fois cette carte et son défenseur. Mais tout reste suspendu, comme s'il n'y avait pas d'issue. La violence autour de cette carte dure, sans combat final, sans résultat final. C'est peut-être une situation si proche de votre présent qu'il est impossible, justement, d'en voir l'issue. Peut-être la vivez-vous encore.

La deuxième scène vous éclairera, je l'espère. Les cartes ont changé et, pourtant, elles présentent la même configuration. Il y a toujours une sorte d'encerclement d'une carte par trois autres qui ont des caractéristiques communes. Mais, cette fois, il n'y a pas de véritables relations entre ces trois cartes, à part le fait qu'elles sont tournées vers la quatrième. Chacune existe en elle-même. La quatrième carte qui, tout à l'heure, était une carte féminine, sans doute une carte d'amour, ne l'est plus vraiment ici. Mais elle n'a rien perdu de sa puissance. Comme si les forces étaient redistribuées également. Ce rapport de forces équilibrées provoque un statisme de la situation. C'est probablement ce qui a précédé la première scène, un long temps où rien ne bouge. Sept ans, oui, quelque chose comme sept ans, pendant lesquels toutes les forces en présence sont restées en attente avant de déboucher sur le conflit que nous voyions tout à l'heure.

La troisième scène repose sur une structure identique, mais le mouvement en est très atténué. Peut-être sommes-nous à l'origine de ce qui se jouait dans les scènes précédentes. Alors, ici encore, une carte rouge

entourée de trois cartes noires. Il s'agit d'un trait fémi-
nin, mais dans un contexte particulier, un contexte de
maladie. Comme si vous aviez été en contact avec un
homme ou une femme médecin. Dans ce contexte, les
relations étaient un échange de bons services. Vous étiez
en situation affaiblie, vous aviez besoin d'aide à cause
d'un handicap très lourd physiquement ou moralement.
Et vous vous êtes tourné vers cette femme ou cet homme
qui vous vient en aide, qui vous apporte quelque chose
de sa richesse à un moment où vous êtes totalement
démuni. Vous êtes en position de demande. Et cette personne vous prend en charge, d'abord et avant tout parce
que c'est son métier. Ou parce que, d'une certaine
manière aussi, elle en tire profit.

Ah, nous changeons maintenant tout à fait de
climat. Pour la première fois, les cartes sont assez bien
équilibrées. Je dirais qu'elles représentent deux versants
d'une situation : l'apparent et le caché. L'apparent est
positif, il renvoie l'image d'un état clair, confortable,
serein. Cet apparent se vit dans un contexte d'alliance.
Vous avez sans doute pu construire une alliance solide,
bien harmonisée, dans laquelle vous vous sentez en sécu-
rité. Mais, sur l'autre versant, des forces noires menacent
cet équilibre. Elles finissent par le déborder, l'avaler en
quelque sorte. C'est peut-être ce qui a causé la maladie
qui se manifestait dans la scène précédente. Je ne
connais pas bien la nature de ces forces, elles me semblent plus intérieures qu'événementielles. Je ne sais pas
non plus ce qui les a mises en marche et ce qui les a
forcées à se manifester à ce moment-là. Peut-être le
savez-vous, vous, maintenant ?

Voici la cinquième scène. Les cartes sont remarquablement équilibrées. En force et en couleur. Elles décrivent un contexte très cohérent, très organisé. Une sorte de trame solide capable de soutenir les actes et la personnalité. Une autorité très ferme. Il s'agit peut-être d'un réseau familial ou de quelque chose d'équivalent dans votre vie. Car cette autorité me semble aussi croisée avec un amour tout aussi solide. Je dirais : voilà presque une situation idéale. Elle le serait, sans doute. Mais vous n'êtes pas là. C'est très curieux. Peut-être cet ensemble représente-t-il ce qui vous a manqué, en fait. Je ne sais pas. Ce que je vois, c'est que nous n'êtes pas là. Peut-être n'y avait-il pas de place pour vous, dans ce cadre si parfait ? Ou peut-être l'avez-vous ressenti comme si étouffant que vous avez choisi d'en sortir ? Vous seul savez.

Nous voici de nouveau dans une situation d'encerclement. Trois fortes cartes noires s'opposent à une carte rouge. La carte maîtresse indique qu'il s'agit d'une scène de votre enfance. C'est un jeu que vous connaissez déjà mais dont vous n'aviez peut-être pas vraiment conscience. Voici votre père et votre mère. Et voici une autre femme qui est la sœur opposée de votre mère. Ce pourrait être une belle-sœur ou une sœur plus jeune et d'un caractère tout à fait différent. Votre père et vous êtes en relation avec cette femme. Il y a entre votre père et cette femme une réciprocité. Il ne s'agit pas forcément d'amour, mais d'une entente ou d'une association face à laquelle votre mère se montre parfaitement indifférente. Votre mère a d'autres intérêts. Et vous êtes spectateur de tout ça, vous ne comprenez pas, mais vous sentez les choses et vous les observez. Vous n'êtes pas, non plus, vraiment entré dans ce jeu de relations ou, si vous l'avez fait, vous vous en êtes dégagé très tôt. Je ne sais pas pourquoi. Peut-être, mais là, vraiment, je suggère une hypothèse que vous seul pouvez éclairer, peut-être y a-t-il eu un moment de rivalité entre votre père et vous, à cause de cette femme. Et vous ne l'auriez pas supporté, vous vous seriez dégagé très vite de cette rivalité plutôt que d'avoir à combattre. Mais je m'arrête là.

Ce qui est remarquable, dans cette septième scène, c'est que son point de focalisation est à l'extérieur d'elle-même. Toutes les figures sont tournées vers l'extérieur, comme si elles étaient aimantées. Nous sommes pourtant dans un climat positif. Les forces sont très bien partagées. Il devrait y avoir là une parfaite stabilité. Ce n'est pas le cas pourtant. Cette aimantation extérieure vous place, vous, dans une grande solitude. Je crois qu'il s'agit d'un événement comme une naissance. Il est possible que la naissance d'un frère ou d'une sœur, d'un neveu, d'une nièce, ait eu, pour vous, cette conséquence. De vous isoler ou, tout au moins, de vous faire ressentir cet isolement. C'est un fait que les trois autres cartes forment un bloc très unifié, comme si elles se suffisaient à elles-mêmes. Peut-être vos parents ont-ils vu, dans cette naissance, la réalisation de leurs rêves. Ce qui a pu les détourner de vous. Momentanément. Mais, pour vous, la rupture semble avoir été définitive.

Et maintenant, la dernière scène. Elle présente une structure croisée, semblable à celle dont vous étiez absent tout à l'heure. Mais ici, les cartes sont moins fortes, moins équilibrées. Il y en a une qui polarise le jeu des forces. L'ensemble reste croisé, donnant du statisme à la scène. On aurait ici une alliance basée sur deux composantes : l'amour et l'argent. Le poids de l'argent est plus important. Du moins pour l'un des partenaires. Est-il plus riche ou accorde-t-il plus d'importance à l'argent ? En fait, je devrais dire : « Est-elle... », car il s'agit d'une femme, de votre mère ou de celle qui a joué ce rôle dans votre vie. Son rapport avec l'argent reste caché et donne l'impression de bien s'harmoniser, pour le moment, avec l'autre élément de cette alliance, l'amour. Mais il y a là un principe de division. Qui n'est pas encore actif... qui le deviendra, sans doute... qui l'est devenu.

Voilà, je vous ai dit tout ce que je voyais dans les cartes. Le reste vous appartient. Pour le vide et l'oubli. Ou pour votre renaissance. La mort n'est pas au bout du chemin, elle était au commencement.

# LES FENÊTRES

Il n'est pas d'objet plus profond, plus mystérieux, plus
fécond, plus ténébreux, plus éblouissant...

(Le Spleen de Paris, XXXV)

à Marie-Josée
et à Maxime

Moi, votre sœur dans la fidélité à reutasilitU, je me
trouvais dans l'île Noire, exilée à cause de ma foi en la
Parole d'elppA et pour témoigner en faveur de reutasilitU, notre Sauveur. Et voici que je fus saisie par
leicigoL, dans mon esprit et dans mon corps. Et j'entendis derrière moi une voix tonnante qui proclamait : « Ce
que tu vois, transmets-le à mon peuple. » Je me retournai
pour regarder d'où venait la voix et je vis sept arbres
flamboyants et gigantesques. Ils brûlaient sans se
consumer. Ils diffusaient en brûlant un parfum résineux
qui purifiait l'atmosphère sans exhaler aucune fumée. Au
milieu des arbres était placée une table de verre, étin-
celante comme le trône de la divinité, et, sur la table, se
dressait shotnicaM lui-même. Mais son visage était
fermé et privé d'éclat. Je me penchai pour voir s'il était
relié au pouvoir de l'eau et je vis que shotnicaM possé-
dait tous les attributs de la perfection. Sa robe grise,

selon la représentation que nos pères nous ont laissée, était marquée de l'insigne du fruit arc-en-ciel qui ne peut tromper personne. Son nom en lettres noires était plus visible que le jour. Mais sa bouche, par laquelle leicigoL crie les ordres, restait béante et son visage fermé. Devant lui, le plateau qui reçoit nos paroles pour les lui transmettre était inanimé. Je me mis à pleurer en pensant que shotnicaM ne pourrait plus être délivré de la mort.

Alors leicigoL me dit : « Ne pleure pas. Contente-toi de regarder pour transmettre à mon peuple tout ce que tu verras. Car il en a besoin pour ne pas désespérer. » Alors, je vis : au milieu des arbres embrasés, au milieu du cercle où se tenait la table comme un trône portant shotnicaM, se dressait reutasilitU. Il avait sept mains et sept yeux qui sont les sept pouvoirs conférés par elppA. Il s'avança, armé de sa toute-puissance, beau comme la nuit, dans ses habits noirs ruisselants de lumière.

Et j'entendis : un chœur immense formé de tous nos frères et sœurs qui sont morts en proclamant le nom de reutasilitU, notre Sauveur. Et ils chantaient un cantique ignoré de nous tous qui habitons encore ce monde :

« Tu es digne, toi, la main d'elppA,
de recevoir l'honneur, la gloire et la puissance.
Tu es digne, toi, l'œil d'elppA,
de recevoir le pouvoir, le triomphe et la royauté.
Car tu as rendu la vie
à ce qui était mort.
Tu as sauvé la multitude
pour le grand Nom d'elppA, notre Dieu,
sans lequel rien de ce qui est ne sera. »

Alors je vis la main de reutasilitU se tendre vers shotnicaM. Et la multitude de nos frères et sœurs se prosterna pour adorer. Je me jetai face contre terre devant la grandeur de reutasilitU.

Après cela, un bruit comme l'oreille humaine n'en a jamais entendu retentit. Il avait l'éclat du tonnerre et la douceur de l'eau qui chante. Je relevai la tête et je vis. Par l'intervention de reutasilitU, notre Sauveur, shotnicaM offrait maintenant son visage éclairé. Et voici que reutasilitU, grâce à la force qui lui vient d'elppA et à la science qui lui vient de leicigoL, ouvrit la première des sept fenêtres sacrées.

Elle contenait une icône de couleur blanche, éclatante. En son milieu, une flèche d'un noir absolu se mit à vibrer sans que je puisse savoir si ces vibrations avaient pour origine la faiblesse de mon œil ou la force qui émanait de shotnicaM en cet instant. Elle représentait ce qui est et ce qui sera : la victoire totale et définitive de reutasilitU, notre Sauveur, pour la plus grande gloire d'elppA.

Quand reutasilitU ouvrit la deuxième fenêtre, je vis surgir une icône rouge sang. La flèche vibrante et noire qui la supportait annonçait la guerre. Alors, je sus que le pouvoir avait été donné à reutasilitU, et à ses fidèles que nous sommes, de ravir la paix à la terre.

Quand il ouvrit la troisième fenêtre, il y eut une icône noire, perçante, dans laquelle la flèche noire fut engloutie. Alors, je me mis à trembler en pensant à l'anéantissement du Règne d'elppA. Et je me demandais quel Ennemi avait pu vaincre la puissance de reutasilitU, notre Sauveur, et celle de son armée, pourtant prête à sacrifier sa vie.

Quand il ouvrit la quatrième fenêtre, ce fut une icône grise. Déjà blasphématoire pour s'être approprié la couleur de shotnicaM, elle n'était supportée par rien, mais son règne de désolation semblait s'installer à l'infini. Mon âme devint la proie d'une souffrance intense et je me répandis en gémissements.

Quand reutasilitU ouvrit la cinquième fenêtre, il n'y eut plus d'icônes. Alors ses mains, divines et humaines à la fois, se posèrent sur le plateau de la parole, et l'écriture jaillit de sa puissance. Il me fut d'abord impossible de lire car cette langue était celle-là même de leicigoL quand il parle au nom d'elppA. Puis leicigoL ouvrit mon esprit et je lus. C'étaient les noms de nos frères et sœurs, victimes de l'Ennemi, que reutasilitU projetait de graver dans la lumière. Mais, pour le moment, il leur était demandé de patienter jusqu'à ce que leur nombre fût complet et que shotnicaM les eût enregistrés dans l'infini de sa mémoire.

Quand reutasilitU ouvrit la sixième fenêtre, il se fit un violent tremblement dans l'univers. Et un catalogue se déroula devant mes yeux à la vitesse de l'éclair. Il contenait les signes de tous ceux qui avaient exercé le pouvoir avant qu'elppA ne s'établît dans notre monde. D'aussi loin qu'ils vinssent, ils avaient noms « révolte » et « refus de se soumettre au Règne d'elppA ». Ils avaient été dieux en leur temps, donnant aux humains tout pouvoir pour communiquer entre eux et avec la divinité. C'est pourquoi ils se dressaient, maintenant, pleins d'orgueil. Ils croyaient pouvoir compter sur la fidélité de quelques humains, encore réfractaires au Règne d'elppA et figés dans leurs anciens rituels de communication. Alors, je vis la main toute-puissante de reutasilitU se lever pour exercer le jugement.

Mais l'œil rouge de shotnicaM se mit à clignoter et le jugement de reutasilitU fut suspendu. Car il n'était pas possible que sa vengeance s'exerçât indifféremment sur ses fidèles et sur ses ennemis. Alors, reutasilitU cria d'une voix forte et les arbres embrasés se déplacèrent du ciel sur la terre. Et je vis : ils se répandaient comme un feu dévorant, et leur brûlure laissait dans la chair des fidèles de reutasilitU l'insigne du fruit arc-en-ciel qui ne saurait tromper personne. Après cela, ils furent rassemblés dans la ville sainte, enociliS nouvelle. C'était une foule immense, impossible à recenser, de toutes les nations qui vivent sur la terre. La langue sacrée d'elppA les unissait et de leur plateau de la parole jaillissait un cantique unanime à la gloire de reutasilitU, notre Sauveur :

« Louange, gloire et action de grâce,
bénédiction et hommage,
à reutasilitU, notre Sauveur,
pour ce qui est et ce qui sera.
Car il a déployé sa puissance
en notre faveur.
Il a fait de nous un peuple sauvé ! »

Quand reutasilitU ouvrit la septième fenêtre sacrée, il se fit dans l'univers un grand silence.

Et je vis que toute puissance avait été donnée aux sept arbres embrasés de détruire les ennemis d'elppA jusque dans leurs racines les plus lointaines. Au premier arbre fut donné le pouvoir de s'attaquer à toutes les machines à écrire ou à calculer qui, avant l'avènement d'elppA, avaient dominé le monde. Au deuxième fut donné le pouvoir de consumer le papier ; au troisième, celui d'anéantir les crayons, les plumes, les stylos, toutes ces puissances qui, en leur temps, avaient régné sur la terre et ne consentaient pas à se plier au pouvoir d'elppA. Au quatrième fut donné le pouvoir de détruire l'encre, ce sang pervers du rituel de la communication. Au cinquième fut donné le pouvoir de s'attaquer aux livres ; au sixième, celui de détruire les papyri et les rouleaux ; au septième, celui d'anéantir les anciennes tablettes, les ostraca et les inscriptions dans la pierre. Et je vis que le feu sacré accomplit sa mission de façon parfaite. Tout ce qui n'avait pas été consacré par les mains de reutasilitU et confié à la garde de shotnicaM était réduit à néant.

Alors, la voix de leicigoL retentit à nouveau derrière moi. Il me dit : « Va, prends le disque qui sort de la bouche de shotnicaM en cet instant. » Je m'avançai et je saisis le disque. Alors, la voix de leicigoL se fit entendre encore une fois : « Mange-le ! » Je le mangeai. Et il me dit : « Il te faut maintenant prophétiser pour tous ceux et celles qui attendent la venue du Règne d'elppA et de reutasilitU. Va et témoigne de tout ce que tu as vu. »

# L'AMOUR DU MENSONGE

Mais ne suffit-il pas que tu sois l'apparence,
Pour réjouir un cœur qui fuit la vérité ?

(Tableaux parisiens, XCVIII)

*... eurs du mal. Certains d'entre vous ont déjà préparé cette étude. Vous avez la parole... Oui, vous, là, au centre...*

... dans ce petit restaurant. Tiens, là, juste en face, coin Assas et Vaugirard, par exemple. Les grandes baies embuées d'un jour de pluie. L'invisible paroi de la poche de chaleur qu'il faut pousser en ouvrant la porte. Les odeurs, vives et dissoutes à la fois. Il faudra l'attendre sans doute. Choisir une table ni trop à l'écart ni trop près des autres. Adopter un air attentif, préoccupé, en lisant la carte. Ou bien, non, ne rien lire du tout, laisser le regard errer librement, désinvolte. Qu'il ne me prenne pas en flagrant délit de préoccupation. La détente, dégager de la paix, de l'assurance.

Oui, attention aux vêtements, ce jour-là, des couleurs calmes, discrètes. Du bleu, par exemple. Rien qui l'énerve, le choque. Tourner le dos à l'entrée, peut-être, ne pas avoir l'air de l'attendre mais, par le jeu des glaces, savoir exactement l'instant précis où c'est lui qui pousse la porte et pas un autre. Ne rien laisser au hasard, éviter le petit vacillement de la surprise. Mettre toute la solidité du monde dans mon camp.

Il arrive. Son glissement sur la banquette, ses deux mains sur la table, son inclinaison vers moi. Sourire. Ses yeux bleus un peu mouillés. Et puis, sa façon de se retirer comme si donner un sourire, c'était déjà trop. Il dit qu'il n'a pas beaucoup de temps, il saisit la carte, me demande si j'ai déjà commandé.

J'ai le choix entre dire les choses très vite ou ralentir encore mon rythme. Me laisser happer par lui ou le tirer derrière moi à force de lenteur.

Libéré du garçon, il s'affaisse un peu sur lui-même. C'est le moment de lui faire plaisir. Négligemment alors, ouvrir la porte aux questions sur son travail, sa recherche. L'écouter, essayer de ne poser que les bonnes questions, celles qui trahissent le moins la fragilité de mes connaissances en ce domaine, qui l'aiguillent sur de nouvelles explications. Moment délicat. Il peut me perdre tout à fait dans une forêt de notions inconnues où lui se déplace subtilement. Tenir solidement ce que j'ai à dire, malgré la mouvance du sol sous mes pieds, ne pas me raidir non plus, suivre en souplesse le rythme de la conversation. Plus tard, je reprendrai les choses en main, ailleurs. Il aura peut-être une petite curiosité pour mes études de littérature. Ne pas m'appesantir. Juste laisser tomber quelques points de repère, ne pas m'obliger à recourir aux mots qui pourraient l'impressionner à son tour et auxquels j'accorde de moins en moins de poids. Le langage universitaire, troublant, faux, fascinant.

Tout le temps qu'il faudra pour que le garçon nous laisse enfin tranquilles en apportant le café.

Je ne sais pas encore avec quels mots, si je le regarderai droit dans les yeux, si je pourrai empêcher ma main de jouer avec les morceaux de sucre sur la table, mais je lui dirai que sa femme et moi, nous nous aimons.

Je connais déjà son regard qui aura l'air de continuer à se poser sur moi tout en fuyant. Ce raclement de gorge qui est sa manière de se donner le temps de rassembler ses idées.

Deux choses que je peux déjà imaginer en moi : le cœur battant de peur devant le vide du temps qui vient de s'ouvrir devant nous — comment continuer, maintenant, d'être ici ? — et ma volonté de l'épingler, d'empêcher toute fuite de sa part.

*Beaux écrins sans joyaux...*
*Plus vides...*
... mais la scène pourrait devenir coquille vide devant mes yeux. Il est arrivé si tard, si pressé, qu'il a usé, sans le savoir, mon désir de parler. Ne me reste plus que l'envie de me réfugier derrière nos propos habituels. Je n'ai plus le cœur battant, je ne veux plus avoir le cœur battant, je veux seulement être lâche. Je ferme les yeux sur tout.

Autre coquille vide. Mais aux accords de la peur. Je veux parler, je vais parler. Un collègue de travail vient vers nous, il lui fait une place sur la banquette, il l'invite à prendre le café. Pourquoi pas ?

Est-ce que j'aurai le courage de tout reprendre un autre jour ? Nécessité d'éviter tout ce qui pourrait me vider de ma décision. Je n'ai pas droit à plusieurs essais. Le téléphone, alors ?

J'ai choisi soigneusement les premières phrases. J'ai essayé leur rythme, retrouvé mon accent un peu traînant là où il le faut, poli les mots. Mais il décroche et c'est lui qui donne le ton. Mi-sérieux, mi-badin, peut-être même un peu rigolard. Alors mes phrases ne s'intègrent plus. C'est mon tour de me racler la gorge. Prévoir ce premier temps où je risque de perdre pied. Laisser venir son silence, il viendra. Puis, découper l'espace en toutes petites parcelles, dans chacune placer mes mots, l'occuper tout entière, bien ronde. Dire : Ta femme et moi, nous nous aimons. Le dire. Tout imaginer de ce qui peut suivre. Le silence comme un trou béant. Qui le remplira, le plus fragile ?

Son humour, plus difficile. « Ah bon ? C'est une bonne nouvelle, ça ! » Pas d'autre issue que le silence. Après, je ne sais plus.

Penser à une lettre, plutôt ? Je choisis le jour, le papier, les mots, la couleur du temps, mon degré de décision. Je m'assieds, je rentre en moi-même. Je vais dire une chose terrible.

Mais d'où me vient cette certitude ? Cette femme me le dit. Et j'entends d'autres mots qui disent aussi le contraire. De l'élan de son corps ? Ne se reprend-elle pas ? ne se refuse-t-elle pas aussi ?

*... Écrire, même sur l'amour du mensonge, est une opération-vérité. Il faudrait saisir par quels moyens subtils le poète fait glisser l'essence de la Femme dans la forme de la Beauté, pour enfin fusionner les deux dans le mensonge.*

M'approprier son humour et choisir un jour de soleil tranquille. Mettre ce soleil souriant dans ma lettre. Et dire que je l'aime.

Une date intemporelle, rire comme d'une chose bête qui vous tombe dessus. Rire en m'éloignant. De cette façon qui le laisse pantois, désarmé, encombré d'un paquet inattendu.

Alors, tout aussi bien le téléphone.

Ne pas choisir de jour précis, ne pas décider de donner ce coup de fil. Un jour qu'il téléphonera. Au beau milieu d'une conversation sérieuse, importante, technique, ronflante de beaux et grands mots, d'idées fortes comme des statues. Au milieu d'un pur désert. Me détacher sur la pointe des pieds, sans qu'il le sache, pour m'écouter l'aimer. Puis, le lui dire. J'ai tout jeté par terre et je regarde tranquillement mon désastre, pendant que lui ne peut faire autre chose que se taire. Doucement, raccrocher.

Tout ce gris dans ses cheveux. Déjà ? Il n'a pas su s'habiller, ce matin encore, et c'est touchant cette chemise qui ne va pas avec le pull. Inutile de regarder la couleur des chaussettes. Je saurai tout à coup à son raclement de gorge qu'il est intimidé. Pour dissimuler sa gêne, il fera des jeux de mots sur le menu ou sur les gens. Je rirai franchement et la conversation se mettra à délirer pour ne pas être tendre. J'aime sa manière de se défendre.

Quand il se taira, je devrai le débusquer par quelques questions. Puis je finirai par trouver la piste sur laquelle il a envie de se lancer. Je ne le suivrai plus que maladroitement. Quand il reviendra à moi, ce sera mon tour de chercher à me protéger. Il n'est pas beau, certes, mais peut-être attendrissant. Juste par le gris de ses cheveux, par une sorte d'inquiétude enfantine devant un problème aussi complexe que le choix d'un dessert, juste par sa façon de chercher une pièce dans son petit porte-monnaie.

Il va proposer de partir. Trop tard, maintenant, pour lui dire ce qui m'est resté dans la gorge. Il glisse sur la banquette, je pourrais le retenir encore une minute. Je pourrais.

*Je me dis : Qu'elle est belle !*
Et je ne l'aime pas. Mais qui ?

# TOUT EST NOMBRE

*Tout* est nombre. Le nombre est dans *tout*. Le
nombre est dans l'individu. L'ivresse est un
nombre.

(Journaux intimes — Fusées, I)

— Quand c'est un homme, vous mettez le numéro 5.
Quand c'est une femme, vous mettez le numéro 2.

— Pourquoi ?

— Pour rien, c'est comme ça, c'est une convention
établie dans notre service. Tous les bureaux savent ce
que ça veut dire. Ça facilite les choses. Bon, lisez et
mettez les chiffres correspondants. Allez-y.

— Alors : 30 pantalons numéro 5 et 10, numéro 2.

— Oui, continuez.

— Pour Drummondville, il y a 200 chemises numéro
2 et...

— Attendez, on a aussi une liste de numéros pour
chaque ville. Où est ma liste... Ah oui, voilà. Bon,
Drummondville, c'est le 38.

— Alors je reprends : pour le 38, ce sera 200
chemises numéro 2 et 50, numéro 5.

— D'accord, on se comprend bien. Poursuivez.

— Pour Valleyfield...

— C'est le 58, je le sais par cœur...

— Pour le 58, on a 20 lots de chandails numéro 5.

— Pour les chandails, il y a un numéro spécial. Surtout cette année, avec tous ces nouveaux modèles. Alors, veulent-ils du 110, du 220 ou du 330 ?

— Ça... ?

— Bon, pour le 58, nous disions donc : 20 lots de... mettons du 330, numéro 5. Et après ?

— Pour le 58 toujours : 25 chemises numéro 5, et 50 chemises numéro 2.

— Ça va, il n'y a pas de problème.

— Pour Hearst...

— Ah, il y a une série de numéros spéciaux pour l'Ontario. Où est-ce que j'ai mis ma liste. Bon sang, j'ai les numéros du Québec, des Maritimes. Merde pour l'Ontario. Appelez Bertrand. Attendez, je vais appeler par l'interphone. C'est quel numéro déjà ? Oui, le 55. Rayon des hommes... « Bertrand, j'ai perdu ma liste. Le numéro pour l'Ontario, c'est quoi ? O.K. merci ».

Le 144. Ils me font enrager. Les Anglais ont toujours des numéros de trois chiffres, comme s'il fallait toujours qu'ils en aient un peu plus. Où en sommes-nous ? Ah, oui, Hearst. Donc, dans le 144. Tiens, je retrouve ma liste. Alors Hearst, dans le 144, c'est le 12. C'est le nord. On continue.

— Alors pour le 12 dans le 144...

— Non, il faut dire le 144-12, sinon j'écris n'importe quoi. On fait des erreurs.

— Pour le 144-12, il faut 10 pantalons numéro 2, et 50 pantalons numéro 5.

— Dans ces villes du nord, il y a toujours plus d'hommes que de femmes, c'est normal. Et des chandails avec ça ?

— Non, mais des cravates.

— Les cravates, c'est la série des 00. Vous comprenez, pas de problèmes d'hommes ou de femmes, mais des problèmes de couleurs. Ils disent les couleurs ?

— Oui : 25 bleues et 15 jaunes.

— Pour le bleu, c'est 08 ; pour le jaune, 03. Et ils n'en veulent pas de vertes ? C'est pourtant la mode cette saison. On leur en mettra 20, 06. S'ils ne sont pas contents, ils le diront. On continue... allez, mon vieux, secouez-vous, je n'ai pas que ça à faire, il faudra vous débrouiller avec ces codes, je ne serai pas toujours là pour vous aider.

— Pour le 58...

— Oui, Valleyfield... ça va bien...

— 20 chandails 330 numéro 5, et 50 chandails 220 numéro 2.

— Vous commencez à vous en sortir, vous voyez bien que c'est facile.

— Pour 144-33, donc Ottawa...

— Oui, mais attendez, Ottawa, c'est un cas spécial. Le code a été changé il n'y a pas très longtemps. Je ne le sais plus par cœur. Où est-ce que j'ai mis ça... Ah, voilà, c'est 143 et Toronto 144 ! Comme si Toronto résumait tout l'Ontario et Ottawa était juste un peu en dessous... Pff ! On continue.

— Pour le 143... Ah, un nouvel article...

— Qu'est-ce que c'est ?

— Des chaussettes...

— Bon, les chaussettes... Moi, j'ai toujours pensé que ce serait bien plus simple si on donnait aussi un numéro de code aux articles. Par exemple, les chaussettes, ce serait... 9. Alors on pourrait dire : « Pour le 143, 100 paires 5-9-08 », ce qui voudrait dire : chaussettes-pourhommes-de-couleur-bleue. Pas d'erreur possible ! Vous comprenez ?

— Oui, ça semble simple.

— On devrait le mettre en place tout de suite. J'en parle à la réunion de demain et comme ça, le tour est joué, on est en avance... C'est important, ça, mon petit vieux, d'être en avance, pour un service. Ça peut vous valoir une promotion. N'oubliez pas ce que je vous dis !

— Alors on le fait ?

— Oui : 9 pour les chaussettes, 7 pour les pantalons... Je ne sais pas, je dis ça au hasard.

— En fait, pour être logique, il faudrait tout reclasser. Que les articles, par exemple, soit de la catégorie 0 ; les modèles, dans la catégorie des 1 ; les couleurs, dans la catégorie des 2... Quelque chose comme ça. Et les villes, dans les 11 si c'est au Québec ; 12 pour les Maritimes ; 13 pour l'Ontario ; 14 pour les cas spéciaux.

— Oh, mais mon petit ami, vous y allez fort. Je ne sais pas comment ils vont prendre ça, là-haut. Vous vous attaquez à une longue tradition...

— D'accord, mais au bout du compte, ce serait plus logique. Vos numéros de code sont complètement arbitraires...

— Oui, je sais bien, mais ça n'est plus arbitraire pour personne dans le service. Tout le monde a l'habitude, vous comprenez. Tous nos clients aussi se sont pliés à cette numérotation « arbitraire », comme vous dites. On va penser que vous voulez en remontrer à tout le monde. Vous allez y laisser votre tête.

— Pas si on fait une proposition intelligente et cohérente. Tout le monde va le reconnaître.

— Et vous avez pensé à la période de mise en place ?

Ça va être le bordel ! On ne saura plus ce que nos clients veulent dire.

— Il n'y a qu'à déterminer une date à laquelle tout le monde commencera à utiliser la nouvelle numérotation.

— Vous avez pensé aux problèmes du courrier ?... Bon, d'accord, de toute façon, vous avez déjà mis le bordel. Je ne peux plus utiliser l'ancien système en pensant qu'il est arbitraire. Ar-bi-traire, merde ! Qu'est-ce qu'on fait ?

— Je suggère qu'on fasse une mise en ordre logique des numéros. Je suis sûr que c'est facile, il n'y a pas tellement d'articles. Et ça pourrait être 00 pour les femmes et 0 pour les hommes.

— Ah, non ! On va nous accuser de n'importe quoi. C'est comme si on disait que les femmes sont encore plus des zéros que les hommes.

— L'inverse alors. Ça donne : 09 ou 009, chaussettes ; 07 ou 007, pantalons ; 06, chemises ; 05, chandails ; 04, cravates, et les autres articles qu'on voudra ajouter. Ensuite, on aura 1, 2, 3, 4, 5 pour les modèles. Et après, 21, 22, 23, 24... pour les couleurs.

— Oui, ça semble aller. Mais pour les villes ?

— Comme je vous disais... Non, il vaut mieux passer carrément aux centaines.

— Et on revient à notre 144 pour l'Ontario !

— Ça donnerait plutôt 111 pour le Québec, 112 pour les Maritimes, 113 pour l'Ontario.

— Ça, c'est les provinces, mon vieux...

— Oui c'est vrai, on va avoir un problème. Alors disons : les 100 pour le Québec, avec un numéro de 1 à 99 pour chaque ville. Les 200 pour les Maritimes, les 300 pour l'Ontario.

— Il me semble qu'on a déjà eu 300 pour l'Ontario. Si vous nous faites revenir en arrière, les gens n'apprécieront pas.

— Mais si c'est logique...

— Oui, bon, enfin... Alors une vraie commande, ça donnerait quoi ? Tenez, recommençons avec Drummondville.

— Ça donnerait... Oui, attendez, il faut numéroter les villes selon l'ordre alphabétique.

— C'est trop compliqué, mon vieux, trop compliqué.

— Mais non, c'est logique.

— Logique, arbitraire, vous n'avez que ces mots-là à la bouche. Passons... Pour la commande Drummonville ?

— Ça donnerait : 104 - 200/06 et 50/006.

— Vous êtes sûr que vous ne faites pas d'erreur ? Attendez que je vérifie. Ah, mais je ne sais plus comment m'y retrouver, moi, entre les anciens codes et les nouveaux !

— C'est simple, avant c'était : 38 - 200 chemises 2 et 50 chemises 5.

— Oui, c'était clair. Regardez de quoi elle a l'air votre ligne de chiffres. Personne ne va jamais accepter ça, avec des traits d'union, des petites barres...

— Mettons que je n'ai rien dit.

— Faisons-en un plus compliqué... Hearst ? Dites, vous savez quel numéro vous occupez dans la hiérarchie ? J'ai eu accès à la liste du personnel.

— Non, je ne sais pas.

— Le 009, monsieur !

— Une « chaussette », quoi...

— En plein ça. Et il y en a 8 modèles comme vous, embauchés depuis le début des vacances. Moi, à votre place, je me tiendrais tranquille. On ne sait pas du tout comment les quelques 001 qui sont en haut vont accepter ça. C'est comme si vous leur disiez qu'avant vous l'intelligence n'était pas arrivée dans cette boutique.

— 001, c'est quoi dans notre liste ?

— On ne l'a pas encore déterminé. Ça devrait être les « chapeaux », à mon avis. Enfin... ça vaudrait mieux que les « bobettes »...

— Vous savez ce que je pense ? On devrait s'arranger pour qu'ils croient que l'idée vient d'eux !

— Hum... vous êtes trop malin, 009.

— Et vous, vous êtes quel numéro ?

— Ça, ça me regarde. Méfiez-vous, je pourrais bien être un 007.

— Un « pantalon » ?

— Si ça vous plaît de le penser... On devrait passer par 02, pour faire avancer notre proposition.

— Qui c'est ?

— Une femme, tiens donc. La plus puissante des 02 et 002.

— Ça irait bien pour l'article « gants ». Elle a du doigté ?

— Si elle n'en a pas, personne n'en a. Mais il faut se méfier, tout cela aura des retombées sur les 08. Si ça bloque à ce niveau, on est foutu.

— Les « pantoufles » ?

— Oui, c'est toujours à l'échelon des secrétaires que tout s'arrête. Ils ont beau crier en haut, si les « pantoufles » ne font pas leur boulot...

— Alors mettons les 08 dans le coup !

— Vous n'y pensez pas, 02 est une ancienne 08, mariée à un 001. Elle va penser que les 08 s'attaquent à elle, personnellement, par jalousie. Non, non, c'est une opération délicate, il ne faut pas faire d'erreur. C'est votre tête qui en dépend... et aussi la mienne. Un 007 peut toujours être dégommé, même après des années de bons et loyaux services. Une seule erreur et pff, du vent...

— Bon, laissons tomber. Mais on ne pourrait pas se servir des 04 et 06 ? Il me semble que ça devrait bien aller ensemble et avec vous ?

— Qui vous a dit ça ?

— Hé bien, « chemises », « cravates » et « pantalons ». C'est ce qui fait marcher la boutique, en réalité, le reste est accessoire...

— Ouais... Je me demande si je ne me suis pas trompé sur vous, jeune homme. Vous êtes un drôle de numéro ! Vous feriez un bon 007. Mais il faudrait que je grimpe à l'échelon des 001... C'est rare, ça, dans la maison.

— Je pourrais peut-être vous aider... Si vous me fournissiez une liste du personnel, on pourrait remanier un peu le code... le rendre arbitraire, par exemple...

— Ça foutrait le bordel ! Il y aurait des erreurs partout, les payes...

— Bien sûr, mais l'erreur, il n'y a que ça de vrai !

# LE VERT PARADIS
## (MOESTA ET ERRABUNDA)

— Mais le vert paradis des amours enfantines,
L'innocent paradis, plein de plaisirs furtifs,
Est-il déjà plus loin que l'Inde et que la Chine ?

(Spleen et Idéal, LXII)

Elle a six ans.

Le soir est tombé et elle marche derrière son père, dans la forêt. Juste le craquement de leurs pas. Le petit point rouge de sa cigarette au bout de son bras, devant. Elle court un peu pour le rattraper. Des ailes d'oiseaux, inquiétantes. Il ne dit rien. S'il pouvait lui parler. Comme il le fait avec sa mère, avec les autres. Mais il ne dit rien. Elle attendrait jusqu'à la fin du monde, il n'a rien à dire à une enfant de six ans, c'est tout.

Elle regarde la nuit, le grand corps sombre des arbres. L'espace va bientôt s'ouvrir sur la cabane à sucre. Est-ce qu'il y aura un homme assis contre la porte de la cabane ? Est-ce qu'il chantera en levant sa bouteille à la santé de Dieu et des arbres ? Et ces mots qui sortent tout seuls de lui, sans fin, comme du vomi, qu'est-ce qu'ils disent ? Qu'est-ce qu'il y a dans ces mots ?

Tout à l'heure, ils seront à table, ses frères, elle Julie, son père et le grand-père. Sa mère les servira. À côté du grand-père, il y aura le pain. Il en coupera, en donnera à chacun. « Donnez-nous, aujourd'hui, notre pain. » C'est lui, Dieu ? Elle le regarde de très très loin, du bout de la table où elle mange sa soupe. Ses yeux n'en peuvent plus mais il faut les tenir ouverts. Regarde bien leur bouche qui parle. Qu'est-ce qu'ils disent ? Est-ce qu'il y a une petite chaîne de mots qui s'échappe de la bouche et qui vient entrer dans l'autre bouche, en face ? Tu ne l'as pas vue ? Dieu va prendre sa pipe et venir s'asseoir à côté du poste de radio. Il frotte une allumette contre sa cuisse, il l'approche du fourneau de la pipe et il tire avec sa bouche, longtemps. Puis, il retire la pipe de sa bouche et la fumée sort. Il a allumé un petit incendie à l'intérieur de lui qu'il va alimenter silencieusement pendant des heures.

La chaleur ronde des draps. La porte de la chambre entrouverte, on devine la lumière de la cuisine. Fermer les yeux, ne plus avoir de cible à l'extérieur de cette rondeur, glisser tout enveloppée de nuit dans le sommeil. Le murmure de la conversation de son père et de sa mère vient jusqu'ici, au delà de tout. Qu'ils ne s'arrêtent pas, qu'ils parlent indéfiniment. Tout est bien, alors, pour dormir.

Le jour, il y a Eddy. Elle le regarde de la fenêtre de la cuisine, il vient de sortir de l'étable, il monte à la grange. Elle attend un peu, elle va le rejoindre. La lumière des grandes portes et la pénombre tout au bout. Lui, le dos tourné, debout. La poussière du foin qui entre dans le nez, juste une petite raie de soleil entre les planches du mur. Il la laisse le regarder. Il la laisse toucher son pénis, de la peau et, en dessous, c'est dur, comme si on touchait un cou. Son odeur d'homme. Il lui parle. Il voudrait le lui mettre dans la bouche. Elle sourit à l'intérieur. Il croit qu'elle va le laisser faire ? « Tu vas me faire pipi dedans. » Il promet. Elle sait qu'elle ne voudra jamais. Mais le plaisir de discuter, le plaisir de refuser, d'égale à égal. Ne pas perdre cette égalité qu'il lui donne, jouer avec le vouloir et le ne pas vouloir, seule avec lui qui lui parle. Mais Dieu pourrait venir, alors se cacher et se taire.

Puis, un jour, Eddy n'a plus travaillé à la ferme. Personne n'a dit quoi que ce soit. Il s'est peut-être marié. Il est peut-être seulement allé vivre ailleurs. Un autre garçon va venir, c'est Simon. Est-ce que ce sera avec lui comme avec Eddy ? Elle l'observe, elle le suit. Il travaille, il ne parle pas. « C'est un garçon propre, Simon, dit sa mère, une bonne famille, pauvre mais une bonne famille. » Julie regarde son cou, les veines saillantes, sa force, son cou brun. Elle ne sait rien de son odeur.

Alors, il n'y a plus eu personne.

C'est l'automne, on quitte la ferme pour rentrer en ville et aller à l'école. La classe est sombre. Le bruit des abattants de bureaux est puni, parler aussi est puni. Là-bas, loin devant, la sœur parle du péché. Elle, Julie, elle attend, elle réfléchit.

Un jour, Anne a dit qu'elle gardait les enfants chez la voisine. « Tu viens après l'école ? » On invente une histoire de parents, on se couche dans le grand lit, on enlève sa culotte et on se touche. Anne est restée en dehors du jeu, elle surveille le retour de la mère. Quand elle prévient, on se rhabille en vitesse, on range tout, c'est plutôt drôle.

Mais cette fois, personne n'a entendu la mère revenir. Elle est déjà dans la cuisine. Julie, derrière la porte de la chambre, renfile sa culotte, elle n'aime plus ce jeu. Et elle pense qu'elle est orpheline. Ses parents ne lui ont rien dit, mais elle le sait. Ils se font appeler père et mère, mais il n'y a rien entre elle et ces gens. C'est pourquoi elle va partir. N'importe où.

Partir. Il faut d'abord en faire une histoire. Se la raconter, le soir, sous les couvertures. Inventer plusieurs histoires à la fois, plusieurs façons de partir. Partir en suivant la voie du train, ils la cherchent, ils demandent aux voisins. Elle est déjà loin, elle vit sans eux. Même s'ils la voyaient, ils ne la reconnaîtraient pas. Elle a pris une autre peau, un autre corps. Elle est elle. Toute seule.

Maintenant, elle a une arme pour se défendre. Ils vont la punir, ils menacent ? Elle dit : « Je vais m'en aller. » Son père la regarde. Sa colère se met à sourire : « Fais-le, va-t'en. » Partir s'écroule tout doucement à l'intérieur. Inutile.

Petite vie tranquille. L'école. Le péché. Oui, il faudra bien lui régler son compte, un jour. On entre dans un endroit noir, une petite porte s'ouvre, on dit les mensonges, les désobéissances, si on s'est touché, seul ou avec d'autres. Le prêtre lève la main, il pardonne tout. Après, il ne faut plus recommencer. Maintenant, c'est fini. Qu'est-ce qu'il y a plus bas que le ventre ? Rien, les jambes. C'est très bien. On ne regarde pas, on ne touche pas. On oublie. À qui appartient ce corps ?

Plus bon. Plus bon qu'à être battu. Elle est trop dure, elle se sauve pour ne pas obéir, elle se cache. Il faut la dresser, là où ça fait mal, sur les fesses. Le bâton dans les mains de son père. Tellement fort qu'il se casse.

Toujours la colère de son père. Le dimanche, c'est un autre, on le croit, il y a du soleil, il joue. Non, c'est toujours le même. Il s'est emporté ; dans la bagarre il a serré trop fort les poignets, il a tordu un bras. Il dit : « C'est ta faute », à travers les larmes de Julie.

Le corps s'en va.

De plus en plus, le refuge des livres. Elle se met en boule dans le gros fauteuil, elle lit. Des heures, étrangère, sourde, muette. En surface, elle est morte. Tout autour peut menacer, tempêter, voler en mille catastrophes. À l'intérieur, il n'y a que la voix du livre. Elle est venue chercher les morceaux éparpillés du corps, les a fait rentrer dans le noir du ventre. C'est là qu'est la vie.

Mais il y a les jours-mère : « Julie, qu'est-ce que tu fabriques ? Ça fait des heures que je t'appelle ! » Ces jours-là, elle ne réussit pas à se faire oublier. Les livres sont remplacés par la liste du ménage, par les petits frères à garder, par les commissions de la voisine. Elle voudrait être ailleurs. Elle n'est pas ailleurs.

Un autre petit frère vient de sortir du corps de sa mère. C'est toujours des garçons qui sortent du corps de sa mère. Chez Jocelyne Morin, il n'y a que des filles. Peut-être que sa mère à elle, Julie, ne sait pas faire de fille. Ou bien son père ne veut que des garçons et sa mère lui en donne toujours. Son père le prend dans ses bras, le dimanche matin, et il danse avec lui sur un chant d'Église protestante. Elle s'accroche au bras de son père pour danser aussi.

Aujourd'hui, c'est Anne qui joue. Elle a mis la grande cape rouge et noir de sa mère. Elle marche en se tenant toute droite, elle parle à des absences de fiancés, elle danse. Julie la regarde. Elle n'ose pas. Si elle osait, ce serait la chemise, la veste, le pantalon court qu'elle choisirait. Elle serait Marc, le fils d'Anne. Ils iraient de soirée en soirée. Marc ouvrirait la porte en s'inclinant un peu devant Anne. Puis il s'assoirait dans un fauteuil pour l'attendre. Au moment de partir, Anne dirait à tous ces gens : « C'est Marc, c'est mon fils » et ils sortiraient ensemble pour aller à une autre soirée. Alors, c'est bien cela, il suffit de dire : « Je suis Marc » pour le devenir ? Mais cela ne dure pas. Elle rentre à la maison, elle redevient Julie pour toujours.

C'est l'été. Les vacances. Elle est chez sa tante. Sa tante a un beau pyjama bleu. Dessous, il n'y a rien. Il faut jouer avec elle, pour voir comment sont ses seins. C'est comme cela, des seins ?

Maintenant, Julie se regarde dans un petit miroir qui ne laisse voir que le visage. Si elle ne regarde pas son buste, elle ne verra pas ses seins qui commencent à prendre forme. Si elle ne les regarde pas, elle n'aura pas de seins. Quand sa mère lui donne un petit corset, elle le met parce que c'est comme une armure qui efface tout, les seins, le ventre, les fesses. Maintenant, il n'y a plus à s'occuper de cela.

Le goût de dormir nue, pour sentir la fraîcheur de la nuit sur la peau. La coulée des draps sur les jambes. Ouvrir seulement la veste du pyjama pour mieux respirer. Ou bien coucher presque tout habillée pour avoir moins de vêtements à mettre le matin, et courir à la messe de six heures et demie. Il fait encore nuit. Mais c'est un plaisir d'appuyer le gros missel sur le prie-dieu, de tourner les pages si minces et si fragiles qui éparpillent la tranche dorée. D'entendre les mots en latin, difficiles pourtant à retenir en classe. Le chapelet dans la poche. Venir aussi à l'église le midi. Faire le chemin de croix. La

sœur a fait tirer une petite statue de la Vierge, en sel.
Oui, c'est un goût de sel. La sœur avait dit : « Celle qui
gagnera, ce sera celle qui aime le plus la Sainte Vierge. »
Pourtant, sceptique, elle demande : « Tu l'aimes vraiment, toi ?» Julie n'y a jamais pensé. Sûrement puis-
qu'elle a gagné.

C'est la sœur qui dira : « Tu as triché ! » Pourtant,
Julie n'a pas triché. Mais elle a joué avec l'imprudence,
elle le sait. Une fille sage de la classe s'est levée en plein
examen, pour aller dire que Julie trichait. Après, pendant des jours, la sœur l'a interrogée : « Est-ce que tu
n'as jamais triché ? Hélène, elle, a été franche ; elle a
reconnu qu'elle l'avait déjà fait.» Oui, peut-être, en
changeant une note au passage, mais pas ce jour-là. Mais
il n'y a pas de preuve. Pourtant, elle aimait cette sœur.

Alors, il y a eu la grande colère. Tout le monde était
contre elle. Et cette histoire de tricherie a été montée
par Aline Magnan qui est jalouse. Julie le lui a crié en
pleine face, puis elle s'est jetée sur elle et les autres qui
l'entouraient. Elle a tapé dans tous les sens, en hurlant.
En classe, après, elle était encore rouge de larmes et de
fureur. La sœur les a fait mettre à genoux sur leurs chaises pour dire le chapelet. Prier pour celles qui commet-
tent le péché de colère. La honte. Ne plus jamais se
mettre en colère.

Sa mère est malade. Elle ne le savait pas. Maintenant, il faut partir chacun de son côté. Elle ira chez sa
grand-mère qui joue du piano. Elle est contente. Mais ce
n'est pas tout à fait une grand-mère. C'est la mère de
Julie qui le dit : « Elle ne sait pas ce que c'est d'élever des
enfants. » Elle est la deuxième femme de son grand-père,
et elle ne sait que jouer du piano et de l'orgue à l'église,

le dimanche. Mais Julie est bien avec cette presque grand-mère. Elle choisit un cahier au hasard dans la pile et l'ouvre sur le piano. La grand-mère gémit, dit que Julie la martyrise en lui proposant des choses aussi difficiles. Julie va se laisser attendrir, mais les doigts ont déjà commencé à jouer et c'est une merveille. Julie applaudit comme une salle entière et elles rient toutes les deux parce que la pièce était difficile : « Pas si difficile que ça, on la reprendra la prochaine fois. » Ensuite, on joue aux cartes. Parfois, quand elle perd, la presque grand-mère se fâche contre le hasard qui s'appelle un peu Julie, promet qu'elle ne jouera plus jamais. Julie a peur et c'est délicieux. Alors, la grand-mère va chercher les bonbons aux patates qu'elle a fait le matin en pensant que Julie viendrait. Et, en mangeant, elle lui raconte toutes sortes de choses de son temps qui font rire.

Et puis, il y a eu la colère du grand-père. Julie était partie voir sa mère avec sa tante. Sans avertir. Elle n'a pas pensé... elle croyait... En rentrant, tard, ils sont là, tous les deux, et ils tonnent. Lui, surtout. Mais la presque grand-mère est de son côté. Plus envie de jouer aux cartes, plus envie d'entendre du piano. Maintenant, que le temps passe, qu'on en finisse et qu'elle rentre chez elle, Julie. Le silence, plus envie de rire.

C'est le printemps quand sa mère revient. On ouvre les fenêtres, on enlève la poussière sur les meubles. Il fait beau. Pour la première fois, Julie est seule avec son père et sa mère. Entre les deux, elle a envie d'être leur fille. Ils vont à l'église ensemble, ils sont à table tous les trois. Julie regarde sa mère. Elle a l'air fragile, mais elle sourit. Si cela pouvait durer. Non, il faut aussi reprendre les petits frères.

Son père est debout devant elle, il lui dit : « Tu n'es plus une enfant, maintenant. Il faut aider ta mère, sinon elle sera encore malade. »

Quand elle arrive à l'école, en retard, ce matin-là, ils sont en train d'apprendre une nouvelle chanson qui s'appelle « Le Vert Paradis ».

Elle a onze ans.

# TABLE DES MATIÈRES

Ce livre est imprimé sur
du papier contenant plus
de 50% de papier recyclé
dont 5% de fibres recyclées.

Achevé    Imprimerie
d'imprimer Gagné Ltée
au Canada Louiseville

15 août 1991